# THE TREASURES OF
# QUEEN

## クイーン
### オフィシャル・ヒストリー・ブック

ブライアン・メイ＆ロジャー・テイラー〈序文〉

ハリー・ドハティ〈著〉

富永晶子［訳］

TAKESHOBO

THE TREASURES OF
QUEEN

The Queen logo is a trade mark of Queen Productions Ltd
and is used under licence.

Forewords © 2011 Queen Productions Limited
Design and text other than forewords copyright
© 2011, 2019 Carlton Books Ltd


Japanese translation rights arranged with
CARLTON BOOKS LIMITED
through Japan UNI Agency, Inc., Tokyo

Editorial Manager: Roland Hall
Project Editor: Ross Hamilton
Text: Harry Doherty
Editorial Assistant: Graham Middleton
Design: Russell Knowles, Anna Matos Melgaco
Production: Rachel Burgess
Creative Direction: Richard Gray
Creative Consultant and facsimile ideas: Greg Brooks
Editing and captions: Gary Taylor, Greg Brooks, Owen Williams

This book was previously published as *40 Years of Queen*

THE TREASURES OF
# QUEEN

# Contents

- 6 ………… 序文　ブライアン・メイ／ロジャー・テイラー
- 8 ………… 〈クイーン〉結成まで
- 12 ………… 初めてのプロ契約
- 22 ………… 1st ALBUM『戦慄の王女（クイーン）』
- 26 ………… ジョン・ディーコン
- 28 ………… ALBUM『クイーンⅡ』
- 32 ………… ALBUM『シアー・ハート・アタック』
- 36 ………… ブライアン・メイ
- 38 ………… ALBUM『オペラ座の夜』
- 46 ………… ボヘミアン・ラプソディ
- 54 ………… ALBUM『華麗なるレース』
- 62 ………… ALBUM『世界に捧ぐ』
- 72 ………… フレディ・マーキュリー
- 74 ………… ALBUM『ジャズ』
- 78 ………… ALBUM『ザ・ゲーム』
- 86 ………… 映画音楽におけるクイーン

| | | |
|---|---|---|
| 90 | …………… | 1981年、南米進出 |
| 96 | …………… | Best ALBUM『グレイテスト・ヒッツ』 |
| 98 | …………… | ALBUM『ホット・スペース』 |
| 102 | …………… | ALBUM『ザ・ワークス』 |
| 112 | …………… | ロック・イン・リオ |
| 114 | …………… | ライヴ・エイド |
| 118 | …………… | ALBUM『カインド・オブ・マジック』 |
| 124 | …………… | ロジャー・テイラー |
| 126 | …………… | ALBUM『ザ・ミラクル』 |
| 132 | …………… | ALBUM『イニュエンドウ』 |
| 136 | …………… | 〈クイーン〉のライヴ・コンサート |
| 144 | …………… | フレディ・マーキュリー追悼コンサート |
| 146 | …………… | ALBUM『メイド・イン・ヘヴン』 |
| 152 | …………… | 〈クイーン〉の遺産よ、永遠に |
| 154 | …………… | 新たなる章 |
| 156 | …………… | マーキュリー・フェニックス財団（MPT） |
| 160 | …………… | Credits |

# Forewords 序文

　この本を書いたハリー・ドハティは、"いいやつ"のひとりだ。ぼくらが語る必要があるのはそれだけだと思うが、もう少し付け加えておこう。初めてハリーに会ったのは、彼が〈DISC〉誌（訳註：1958～1975年にかけて、週刊で発行されていたイギリスの人気音楽雑誌）の記事を書いていた頃だった。〈DISC〉は、音楽のことならアーティストより自分たちのほうが深く理解していると言いたげなライターの記事が並ぶ、よくある"音楽雑誌"とはまるで違う、いい意味で音楽に入れこんでいる週刊誌だった。そう、ひたむきなところがあって、新しいロックバンドを見つけた興奮をファンの目線で語っていた。〈DISC〉がそういう雑誌だったのは、ハリーの貢献によるところが大きかったと思う。結成されたばかりの〈クイーン〉の評を初めて載せてくれたのは、彼の同僚ローズマリー・ホライドだ。彼女はインペリアル・カレッジで行われた最初期のライヴを絶賛してくれた。その少しあと、活動しはじめたばかりのバンドのひとつとして、ハリーがぼくらのことも取りあげた。ローズマリーほど手放しで褒め称えたわけではないが、ファンにおもねるとか、その記事で名をあげたいとか、そういう気持ちがまったくない誠実な内容だった。自分が目にし、耳にした喜ばしいニュースをほかのファンとも分かち合いたくて、あるがままの真実を伝える、そんな記事だ。

　それから数十年の歳月が流れた。そのあいだ、頻繁に連絡をとり合わなかった時期もあったが、どんなに久しぶりだろうと、顔を合わせれば音楽の話になったものだ。〈クイーン〉がジャーナリストを徹底的に嫌ってきたのは有名な話だし、ぼくらの不信感が正当なものであることは、これまで多くのジャーナリストが好き勝手に書いてきた"記事"により、繰り返し証明されてきた。だが、不思議なことにハリーとだけは、昔から身構えずに話ができた。これは秘密だが、実を言うと、ぼくはハリーが書いた原稿を読んでいない。何につけ、人任せにすることのできないぼくには、珍しいことだ。〈クイーン〉に関する書籍が出版されるとなれば、ふだんのぼくなら間違った記述がないように隅から隅まで熟読する。しかし、この本ではそうしたくなかった。ハリーは自分が見たまま、理解したままを語る、希少な人間のひとりだから。

　ハリーがここで書いているすべてには、おそらく同意できないだろう。だが、そうした言葉が好意的な視点、自分のときめきをファンと分かち合いたいという気持ちから出たものであることは間違いない。ハリーが少年のような純粋な熱意を持ちつづけていることは、この本を読めばすぐにわかるはずだ。実際、"これはファンに喜んでもらうための本、純粋に楽しんでもらうための本だと読者に伝えてほしい"とハリーに頼まれた。ありがとう、ハリー。

　そのほかのことは、読んでもらえばわかると思う。ぜひとも楽しんでもらいたい！

ブライアン・メイ

　ハリー・ドハティと初めて会ったのは、1971年か1972年のことだったと思う。場所はロンドンのソーホー、ウォードー・ストリートにあるマーキー・クラブ。当時、バンドのたまり場だったあの薄汚いバーは、イギリスの音楽シーンの脈打つ心臓部だったと言えるだろう。

　ハリーは〈メロディ・メイカー〉誌で働いていた。ぼくは、「彼やほかのライター仲間が、デヴィッド・ボウイという素晴らしいミュージシャンについて何ひとつ書かないのはどういうわけだ」と文句をつけたのを覚えている（当時のボウイは、1曲ヒットを出したあと、すっかり忘れられていた）。「いいか、覚えとけよ」ぼくはそう断言した。「あいつはすごいミュージシャンになるぞ。そしてきみたちみんなが彼について書くことになる。だから、いまから取材しておけよ！」と。ハリーは"こいつ、正気か？"というような顔でじろりとぼくを見返し、黙々とビールを飲みつづけた。

　この先見の明あるアドバイスを無視したことを別にすれば、不誠実で知られる嫌悪すべきジャーナリストのなかで、ハリーは常に、特別正直で率直な男だった。

　この場を借りてハリーにお礼を言いたい。"クイーン"と呼ばれたこの変わり者で非凡なミュージシャンたちに関する執筆がうまくいくように。きみの幸せと幸運も合わせて祈る。

ロジャー・テイラー

# The Early Years
## 〈クイーン〉結成まで

1971年、それぞれに大きく異なるキャリアを目指していた4人の若者は、自分たちが学ぶ分野とはまるで違うとはいえ、同じ夢に向かって歩きだした。だが、運命の歯車がほんの少しでもずれていたら、まったく違う方向に進んでいた可能性もあったのだ。

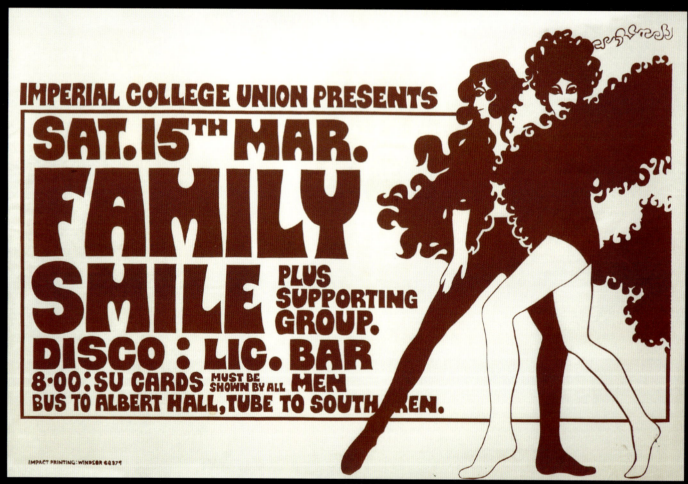

1970年3月15日、インペリアル・カレッジで行われた〈スマイル〉のライヴのオリジナル・ポスター。

ザンジバル生まれのファルーク・バルサラ（友人たちにはフレッドという愛称で呼ばれていた）は、グラフィック・デザインを学ぶかたわら、ケンジントン・マーケットの屋台で古着を売っていた。ロンドン南部のテディントンでは、ブライアン・メイが天文学に興味を募らせ、宇宙の神秘を発見し、物理学と赤外線天文学のコースへと進んでいた。ノーフォーク出身のロジャー・メドウス・テイラー（当時はそう呼ばれていた）はロンドンに居を移し、歯科医になろうと勉強をしていた。一方、レスター生まれのジョン・ディーコンは、ロンドン大学のチェルシー・カレッジで電子工学を学びはじめていた。要するに、どう考えてもこの4人は、そのまま勉学に励めば、潤沢な収入を見こめる未来が保証された優秀な学生だったのだ。

ところが、彼ら全員が夢中になっているものがひとつあった……ロックンロールだ。

派手な格好の退廃的なバルサラは、バンドのシンガー兼リーダーとなりロックスターにふさわしい名前、ラリー・ルレックスと改名し、〈ザ・ビーチ・ボーイズ〉の名曲「アイ・キャン・ヒア・ミュージック」のカバー曲を歌おうと、着々と準備を進めていた。

ブライアン・メイはフレディより慎重で堅実なやり方を選び、学校の仲間ともにバンドを組んだ。それだけでなく、文字通り音楽のキャリアを"自ら作った"。そこから遡ること数年まえ、バディ・ホリーに影響を受けたブライアンは、父ハロルドの協力を得て自分のギターを一から組み立てた。ブライアンは仲間のギタリストで友人のティム・スタッフェルと組んだ初めての"本物の"バンドで、できあがったギターをお披露目し、ロンドン西部にあるあちこちの小さなライヴ会場でカバー曲を演奏した。このバンドは、〈１９８４〉と呼ばれた。言うまでもなく、このバンド名はジョージ・オーウェルの同名小説に由来している。

1968年、インドのパンチガニで学友たちと組んだバンド〈ザ・ヘクティクス〉のメンバーと写真におさまるフレディ(中央)。

1964年、ドラムを叩く15歳のロジャー。

イギリス南西部、トゥルーロにある辺鄙な田舎町に住んでいたとはいえ、ロジャー・メドウス・テイラーは見るからにロックスターらしく……本人もそれを自覚していた。1961年、父からクリスマスにもらったパーツでようやくドラム・セットが揃うと、あっという間に上達し、"トゥルーローのバンド"、〈ジョニー・クエイル＆ザ・リアクション〉を結成した。彼らの演奏曲は、エルヴィス・プレスリーと〈ビートルズ〉のカバー曲で占められていた。テイラーはバンドメンバーにボブ・ディランやジミ・ヘンドリックスといった"流行の"音楽を紹介し、〈ジミ・ヘンドリックス・エクスペリエンス〉のミッチ・ミッチェルや〈ザ・フー〉のキース・ムーンといった憧れのドラマーの演奏スタイルを真似るようになった。

　自分にはギターを弾く才能などまったくないと思っていたジョン・ディーコンが音楽に興味を持つようになったのは、友人たちが楽器を買ってからだった。彼はテープ・レコーダーを"アンプ"として使い、サウンドマン（訳註：音を増幅したり、効果音を作ったりする係の技師）として自分を売りこんだのだ！　その後、旺盛なチャレンジ精神を発揮して自分でもギターを購入し、〈ジ・オポジション〉というバンドに加わって、1965年12月に初めてのライヴを行う。バンドが〈アート〉と改名し、ジェスロ・タルなどに影響を受けたロックを演奏するようになると、ディーコンはギタリストからベース・プレーヤーに転身した。

　ブライアン・メイとティム・スタッフェルが所属するバンドは、

1966年後半、〈ザ・ニュー・オポジション〉のバンド仲間と写るジョン（いちばん上）。

〈クイーン〉結成まで

ティム・スタッフェル（左）を含む〈1984〉の面々と写真におさまるブライアン（右）。

1969年、ブライアンの崇拝するロックの神様ジミ・ヘンドリックスのロンドン・オリンピアでのライヴで"前座"を務めたあと（訳注：実際のライヴ会場は別であったが同日、同じ建物内で演奏した）、解散した。ブライアンは立派な成績で大学を卒業し理学士号を得たものの、自分のクリエイティヴなヴィジョンと野心をともに分かち合えるバンドの一員になりたい、という願いは消えなかった。そこで再びスタッフェル（ベースを担当）と組み、新バンド〈スマイル〉を結成、"ジンジャー・ベイカー／ミッチ・ミッチェル風のドラマーを求む"と広告を出す。これを知ったロジャー・メドウス・テイラーは、理想のバンドを見つけた、とばかりにチャンスに飛びついた。

ギターとドラムとベースが揃ったうえに、3人全員が歌えるバンド〈スマイル〉は、リード・ボーカルをティムが務め、オリジナル曲をたっぷり準備して、自信満々でインペリアル・カレッジのライヴ・ステージに立った。しかし、残念ながら、そこには決定的な何かが欠けていた。その欠けていたピースがぴたりとはまったのは、ティムがイーリング・アート・カレッジの同級生フレディ・バルサラに、ブライアンとロジャーを引き合わせたときだった。それにしても会ったときのフレディの服装ときたら──3人よりもさらに派手だった！こうして、ロンドンのバーンズにフラットを借り、4人の同居生活が始まった。3人ともフレディの半端じゃないエキセントリックさに魅了された。同性愛者（ゲイ）っぽいのはたんなる見せかけなのか？女の子とデートしているところをみると両性愛者（バイ）なのか？それとも両性具有か？　一方フレディはと言えば、みんなを混乱させるのを大いに楽しんでいた。ほかの3人と違ってイギリスでバンド活動をしたことはなかったものの、フレディには〝ロックスターになる〟という大きな野心があった。ボーカルとして〈アイベックス〉、〈サワー・ミルク・シー〉、〈アイベックス〉の後身バンド〈レケッジ〉に加わったが、どれも長続きしなかった。

〈スマイル〉のバンド活動はマーキュリー・レコードとの契約以外ぱっとせず、やがてバンドは解散し、メイは教師になる道を真剣に模索しはじめた。そんな折、フレディは自分なら彼らを大スターにする原動力になれると説得。"クイーン"というバンド名を提案した。フレディにとって、このバンド名は自分の性的指向に正面から向き合うという決意の表れであり、バンドにおける自分の役割をアピールするものだった（訳注：クイーンには両性愛者［ゲイ］という意味もある）。

とはいえ、バンドを結成するならベース奏者が必要だ。そこで彼らは何人かベーシストを試してみたが、誰ひとりしっくりこなかった。ジョン・ディーコンは〈クイーン〉初期のライヴを見たことはあったものの、1971年1月にディスコでブライアンとロジャーと出会うまで、このバンドのことはとくに何も考えていなかった。しかし、ふたりと話をするうち、インペリアル・カレッジでオーディションをすることになった。メンバーは、ジョンののんびりした、どちらかというと内気なところが気に入った。ブライアンは彼のリッケンバッカーのベースとアンプが気に入り、ロジャーは電子工学に詳しい彼なら求めていたベース奏者にどんぴしゃりだと思った。もちろん、彼が素晴らしいテクニックの持ち主だったことは言うまでもない！　その日、イギリスはもうひとりのクイーン（女王）を生みだしたのだ……そう、本物の女王と同じくらい堂々としているが、はるかにうるさいやつらを！

11

# Signing Professionally
## 初めてのプロ契約

ロジャー・メドウス・テイラーが、ロンドンから離れた辺鄙なトゥルーロのコテージに5週間こもる手配をしたあと、ここで新生〈クイーン〉は徹底的なリハーサルを行い、理論を実践に移すことになる。この特訓で4人は見事な音楽の才能と多才さを存分に駆使し、それぞれのスキルを磨いて独自のバンド・サウンドを作りあげていった。かすかにポップな味つけがされた勢いあふれるハードロック・サウンド、それを支える厚みのあるハーモニー。地方での数回のライヴが実証したように……〈クイーン〉はすべてを望むだけでなく、その望みをすべて叶えられる実力を持ったバンドであることが、徐々に明らかになっていく——。

ロンドンに戻ったブライアン、ロジャー、ジョンは、音楽活動のほうは"予備"のプランとして脇に置き、学業と卒業試験に精をだした。一方、フレディは願ってもないチャンスとばかりにこの時間を自分の音楽の幅を広げることに費やした。声に磨きをかけろという仲間の助言に従い、この課題に必死に取り組むかたわら、ロック音楽だけでなく、ナイトクラブのショーやボードビル（訳註：歌と対話を交互に入れた通俗的な喜劇・舞踊・曲芸）特有の演出方法やニュアンスからインスピレーションを得て、作詞・作曲にも力を入れた。

戻ってきた学術トリオ（ブライアン、ロジャー、ジョン）は、一段と歌唱力を上げたリード・ボーカル、フレディにすっかり感銘を受けた。こうして、レコード会社と契約を取りつける準備は万全に整った。あとは数曲録音し、同じ展望を持つレコード会社のA&R（訳註：レコード会社において、アーティストと会社の間に立ち、契約や、レコーディングにおける企画・制作、宣伝戦略などを管理する業務）担当者を見つけるだけでいい。当時、ロンドンにできたばかりの最新設備の揃った録音スタジオ、ディ・レーン・リーが、無料でスタジオを使用する代わりに機材を試すという条件で、まだどことも契約を結んでいないロックバンドを探していた。そのことを知った〈クイーン〉は、渡りに船とばかりにこのチャンスに飛びつき、「炎のロックン・ロール (Keep Yourself Alive)」「ライアー (Liar)」「ジーザス (Jesus)」「グレイト・キング・ラット (Great King Rat)」「ザ・ナイト・カムズ・ダウン (The Night Comes Down)」の5曲を録音した。これら5曲はのちに、ファースト・スタジオ・アルバム『戦慄の王女 (Queen)』に含まれることになる。

友人のひとりが、ロンドンの有名どころのレコード会社にデモ・テープを持ちこみ、カリスマ・レコードが食指を動かした。ところが、その提示条件は到底のめるようなものではなく、〈クイーン〉はこの申し出を断わった。

そんな彼らに思いがけぬ幸運が訪れる。新進気鋭の若いプロデューサーであるロイ・トーマス・ベイカーが、同僚のプロデューサー、ジョン・アンソニーに頼まれ、ディ・レーン・リーでのセッションに立ち寄ったのだ。ロンドンにある別の比較的新しい一流スタジオ、トライデントで一緒に仕事をしたことがあるジョン・アンソニーとベイカーは「炎のロックン・ロール」が気に入り、トライデントのノーマン・シェフィールドとバリー・シェフィールドに〈クイーン〉を推薦した。シェフィールド兄弟はこのときとくに〈クイーン〉が気に入ったわけではないが、念のため、アンソニーとベイカーの直感に従うことに決めた。

1971年9月、ウェンブリーのディ・レーン・リーの第3スタジオで歌うフレディ。〈クイーン〉初のデモ・テープをレコーディング中。ブライアン・メイ撮影。

初めてのプロ契約

1971年9月、ディ・レーン・リーの第3コントロール・ルームで休憩中のフレディとルイ・オースティン。ブライアン・メイ撮影。

　しかし、トライデントとの契約は、〈クイーン〉にとって銀行口座に金が舞いこむ類のものではなかった。シェフィールド兄弟は、トライデント・スタジオを無料で使える——たいていは料金を払う客のいない夜のあいだ——という条件付きの契約を申しで、〈クイーン〉はそれに同意する。昼間の客のなかにデヴィッド・ボウイやエルトン・ジョンが含まれていると知って、4人ともそこまで悪い取引ではないと気を良くした。

　こうして、アンソニーとベイカーを共同プロデューサーとして、初めての本格的なレコーディング作業が始まった。しかし、正確にどんな音楽を確立したいかというメンバーの希望を巡り、バンド(とくに、職人気質のブライアン)と、自分たちの(あまり幅広いとは言えない)経験を持ちこもうとするプロデューサーたちのあいだに軋轢が生じた。別のバンドならいつものやり方で十分かもしれないが、自分たちにその手法は通用しない、と〈クイーン〉は頑として譲らなかった。〈クイーン〉の頭のなかには、ほかのバンドには到底真似のできないユニークなサウンドがすでに構築されていたのである。

　1972年1月、〈クイーン〉はアルバムを作るのに十分な楽曲を録音し終え……それと同時に苛立ちを募らせることになった。というのも、プロダクション契約は交わしたがレコーディング契約はまだといる状況であるうえ、レコーディング契約を見つけてくる仕事はトライデントに任されていたからだ。トライデントのシェフィールド兄弟は、レコーディング契約を取りつける代わりに、マネージメント／レコーディング／出版というバンドにとって大きな3つの要素をひとつにまとめた契約を締結したがった。〈クイーン〉はそのすべてをトライデントに委託する契約に同意する。よくよく考えてみるとかなり条件が悪かったのだが、当時の彼らにとっては将来を見据えた契約に思えたのかもしれない。通常はレコード会社が比較的無名なバンドのファースト・アルバムのために、スタジオでこれほど自由に録音するチャンスを与えることはないからだ。さらに、この契約により、トライデントから給料が支払われることになる。こうして〈クイーン〉は、プロのミュージシャンとなった。

　レコーディング契約を待つ〈クイーン〉は、ウォードー・ストリートにある伝説のマーキー・クラブでレコード会社のA&Rを前に行うきわめて重要なライヴのウォーミングアップとして、いくつか小規模なライヴをこなした。残念ながら、マーキー・クラブでの"本番"は彼らが望んでいたような完璧な成功とはならず、この不出来なライヴに惑わされずに〈クイーン〉の真価を見抜いたレコード会社はわずか1社だけだった。EMIである。

ＥＭＩのＡ＆Ｒ部長、ロイ・フェザーストーンは前金として30万ポンドをオファーし、〈クイーン〉と長期契約を交わした。

こうして、〈クイーン〉の本格的な音楽活動が始まった。自らをロックスターのステータスにふさわしく、"マーキュリー"と改名したフレディは、さっそく本領を発揮し、4人のメンバーの3つの星座をもとにバンドのロゴとなる王冠をデザインした。バンド名の由来でもあるロックの王者という意味がこめられたこのロゴは、ときおり微妙に修正されることはあったが、その後ずっと使われることになる。

イギリスでの契約を得たトライデントは、アメリカ進出に目を向けた。トライデントのジャック・ネルソンとＣＢＳレコードとの交渉が行われている最中、ジャック・ホルツマンが登場する。ホルツマンは、才能あふれる新進アーティストばかりを抱えるクリエイティヴなレコード会社エレクトラ・レコードのＡ＆Ｒで、業界では有名な男だった。

〈クイーン〉のテープを聴いたホルツマンは、彼らの音楽にすっかり惚れこんだと語っている。「素晴らしい演奏に美しい録音だった。完璧にカットされたダイヤモンドのように、すべてが申し分なかった」マーキー・クラブでのぱっとしないライヴを聴いたあとも、彼の熱意は少しも薄れず、エレクトラ・レコードは〈クイーン〉に契約を申し出た。ＣＢＳは大魚を逃がしたが、エレクトラは金の卵を手に入れた。こうして〈クイーン〉は世界中に自分たちがどれほど特別な存在かを知らしめる第一歩を踏みだしたのである。

1973年11月、〈モット・ザ・フープル〉のサポート・バンドを務めたツアー中の演奏風景。

The very first Demo's Queen ever made, at the new De Lane Lea Studios, Wembley.

*Brian*

Keep Yourself Alive
The Night Comes Down
Great King Rat

Jesus
Liar

**QUEEN**

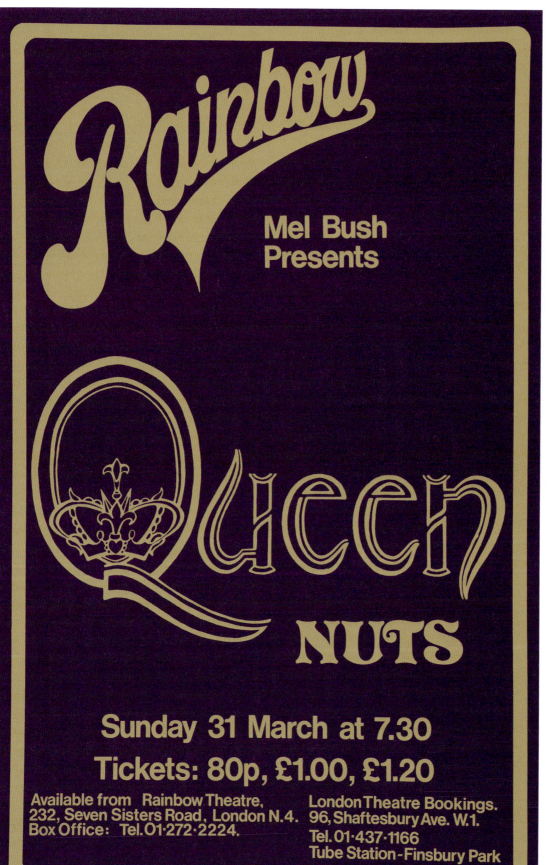

左：1974年3月31日にロンドンのレインボー・シアターで行われたコンサートのポスター。きわめてレアなものだ。サポート・バンドは〈Nuts（ナッツ）〉。
次ページ：1973年12月8日、リバプール大学で行われたコンサートのポスター。同じく非常にレアである。

初めてのプロ契約

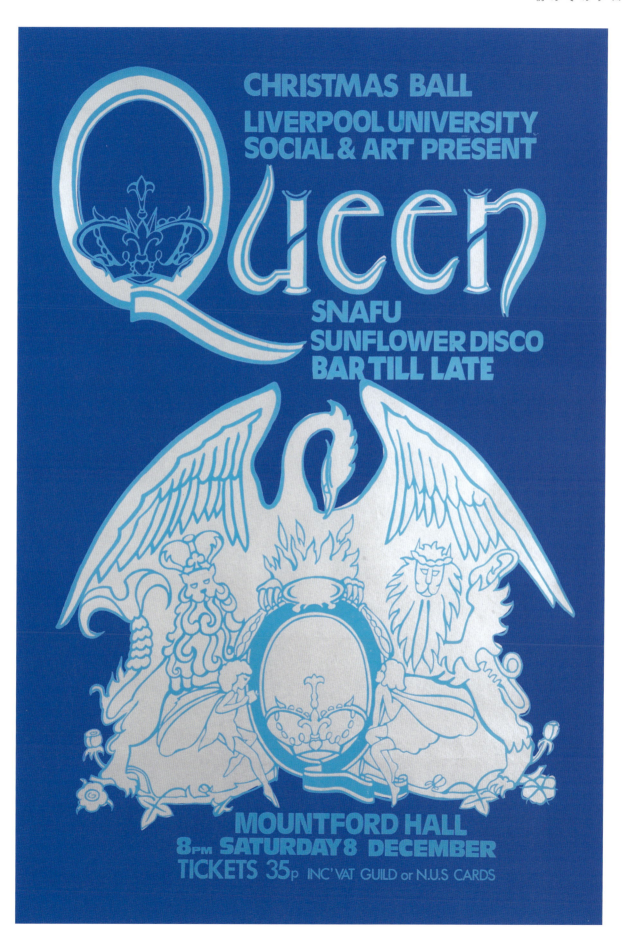

1973年、ファースト・アルバム『戦慄の王女』の宣伝のためにエレクトラ・レコードが作成した宣伝用プレスキット（訳註：記者用の資料一式）には、18〜19ページのフライヤー（オリジナル版では折りたたまれていた）、20ページのバンドのプロフィール、21ページのアーティスト写真などが収められていた。

初めてのプロ契約

*s Arrived.*

ON ELEKTRA RECORDS AND TAPES

初めてのプロ契約

Freddie Mercury may just be the only person in rock from Zanzibar. Brian May the only astronomer and Roger Meddows Taylor the only dental student. They are, respectively, the vocalist, guitarist, and drummer of Queen and founding members of the now four-man band from Britain.

Queen was into glitterock long before the wave hit. Freddie was studying art at college in 1968 when he met Brian and Roger who were with a band called Smile (they released a single in the U.S.). Brian invited Freddie to join his new band, Queen, after Smile broke up. Bassist Deacon John, the fourth Queen, joined in 1971.

Brian and Freddie are the songwriters of the group. They usually write individually -- with help from each other -- and occasionally collaborate. The group's first break came when producers John Anthony and Roy Baker invited them to make some demos. After bringing the tapes to several London record companies, the eventually signed a contract with EMI.

Their first album for Elektra, Queen, also produced by Anthony and Baker, is drawn from three years' material. "From the beginning, the group has kept its original concept," said Brian. "This album is a way of getting all our frustrations out of our system which have built up over the years."

Freddie Mercury, lead vocal, occasional keyboards. Composer and lyricist. Born September 5, 1946, in Zanzibar, educated in India. In early life became a table tennis champion and hockey expert. He studied at Ealing School of Art and became a graphics designer and illustrator. He took piano lessons to Grade 4 and sang with his first group at the age of 14. In 1970 he formed Queen with Roger and Brian. He lists his influences as Jimi Hendrix and Liza Minelli; his ambition to become a legend and appear on a Liza Minelli show.

(please turn over)

Brian May, guitar, vocals. Composer and lyricist. He's 23, Cancer, born in the country. He has a B.Sc. in Physics and has taught at a comprehensive school. He was also an astronomer for four years. He built his guitar with wood from a 100-year-old fireplace and he first met Roger in a group called Smile in 1968. A devoted fan of Jimi Hendrix and loves the Beatles. He lists his influences as Clapton, Beck, Davy O'List (of The Nice), Smile. His ambition is to be a penguin?

Roger Meddows Taylor, drums, vocals. Composer and lyricist. He's 23, Leo, born in Norfolk. He studied at Dental College in London and hated it. Roger has played drums and guitar since the age of 12; he formed a group called Smile with Brian. While working in a gentlemen's outfitters, he met Freddie Mercury Esq. and Queen was formed. He lists his influences as the Yardbirds, Who, Dylan, Hendrix, Lennon, Himself and lists his ambition as "to go Super Nova."

Deacon John, bass guitar. Born August 19, 1951, in Leicester. Deacon John started by playing rhythm guitar at the age of 12 but changed to bass when he was 14. He played with a couple of groups while at Beauchamp Grammar School. He later received a First Honors Degree in electronics from Chelsea College. In February 1971, he became the final Ace in Queen. Lists influences as Yes, the World, and 60 cycles. His likes are shiny rubber vests, tight wellingtons, rope, elastic, waxed string, raincoats, lino and bowler hats -- and the odd glass of Claret.

ELEKTRA RECORDS. Mfg. by Elektra/Asylum/Nonesuch Records. A Division of Warner Communications, Inc., 15 Columbus Circle, New York, N.Y. 10023

---

ロック・アーティストのなかで、ザンジバル出身なのはフレディ・マーキュリーだけだろう。同じく、ブライアン・メイは唯一の天文学者、ロジャー・メドウス・テイラーは唯一の歯学生にちがいない。ボーカリスト、ギタリスト、ドラマーを務めるこの3人は、現在4人で構成されているイギリスのバンド、〈クイーン〉の創設メンバーである。

〈クイーン〉はニュー・ウェイヴが流行るまえ、グリッターロックにはまっていた。フレディは1968年、大学でアートを勉強中に〈スマイル〉というバンド（アメリカでシングルを1枚リリースした）で活動するブライアン、ロジャーと親しくなった。〈スマイル〉が解散したあと、ブライアンは新しいバンド、〈クイーン〉に入らないかとフレディを誘った。4人目の"クイーン"、ベーシストのディーコン・ジョン*註は1971年に加わった。

バンドで曲を書いているのはブライアンとフレディだ。ふたりはふだんは別々に曲を書き（相手の力を借りることもある）、ときたま共同で作曲する。プロデューサーのジョン・アンソニーとロイ・ベイカーがデモ・テープを作らないかと彼らに持ちかけたことが、ブレイクのきっかけとなり、ロンドンのめぼしいレコード会社にデモ・テープを持ちこんだあと、最終的にEMIレコードと契約を結んだ。

アンソニーとベイカーがプロデュースしたエレクトラ・レコード発売のファースト・アルバム、『戦慄の王女』は、彼らが3年間書きためた曲を集めたものだ。「〈クイーン〉には初めからオリジナリティの高いコンセプトがあった」ブライアンはそう語っている。「このアルバムは、それまで積もってきた不満のすべてを吐きだす方法だった」

フレディ・マーキュリー、リード・ボーカルで、ときどきキーボードも弾く。作詞・作曲も担当。1946年9月5日にザンジバルで生まれ、インドで教育を受けた。子どもの頃は卓球のチャンピオンにもなり、ホッケーも得意だった。イーリング・アート・カレッジでグラフィック・デザインを学んだ。ピアノはグレード4の腕前、14歳で初めてバンドでボーカルを務めた。1970年、ロジャーとブライアンとともに〈クイーン〉を結成。影響を受けたのはジミ・ヘンドリックスとライザ・ミネリだという。伝説となってライザ・ミネリの番組に出演するのが夢。

（裏面に続く）

ブライアン・メイ、ギターとボーカル担当。作詞・作曲も行う。23歳の蟹座、イギリス生まれ。物理学の学士号を持ち、統合学校で教鞭をとったこともある。彼はまた、4年間天文学者として働いていた。100年ほど前の暖炉の木を使って自分のギターを組み立てた彼は、1968年にバンド、〈スマイル〉でロジャーと出会った。ジミ・ヘンドリックスの大ファンで、〈ビートルズ〉をこよなく愛する。影響を受けたのは（エリック・）クラプトン、（ジェフ・）ベック、（〈ナイス〉の）デイヴィ・オリスト、〈スマイル〉。彼の夢は……ペンギンになることかな？

ロジャー・メドウス・テイラーは、ドラムとボーカル担当。作詞・作曲も行う。獅子座の23歳、ノーフォーク生まれ。ロンドンのデンタル・カレッジで学んだが、歯学の勉強は大嫌いだった。12歳からドラムを叩き、ギターを弾いてきた彼は、ブライアンとともに〈スマイル〉を結成した。"紳士服の売り場"で働いているときにフレディ・マーキュリー"殿下"と出会い、〈クイーン〉が生まれた。影響を受けたのは〈ヤードバーズ〉、〈ザ・フー〉、（ボブ・）ディラン、（ジミ・）ヘンドリックス、（ジョン・）レノンと自分自身。夢は"超新星になる"こと。

ディーコン・ジョン*註、ベーシスト。1951年8月19日、レスター生まれ。12歳でリズム・ギターを弾きはじめたが、14歳でベースに転向。ビーチャム・グラマー・スクールに在学中、いくつかのバンドでプレーした。のちにチェルシー・カレッジから電子工学の首席学位を授与される。1971年2月、〈クイーン〉というパズルの"最後のピース"としてバンドに加わった。影響を受けたのは、〈イエス〉、この世界、短編映画『60 Cycles』。好きなものは──艶々のゴムベスト、ぴったりしたウェリントン・ブーツ、ロープ、ゴム、ワックスを塗ったばかりの弦、雨合羽、リノリウムと山高帽、それに、ときどき一杯呑むクラレット（訳註：フランス産赤ワイン）。

編註：ジョン・ディーコンは、「ひっくり返したほうが、ずっと響きがよい」というフレディとロジャーの提案によって、このようになった。ただし、セカンド・アルバム以降は、ジョン・ディーコンに戻している。

初めてのプロ契約

# The First Album: Queen
## 1st ALBUM 『戦慄の王女（クイーン）』

グラムロックを巧みに織りこんだハードロック、荘厳（そうごん）な演出から純粋なポップの繊細さまで幅広い要素を備えた楽曲、心をつかむ歌詞、そのすべてを支える類（たぐい）まれな知性――〈クイーン〉は実にユニークなバンドだった。そのためファースト・アルバムがリリースされた当時、彼らをどう捉えればよいかわからぬ人々が多かった。

『戦慄の王女』は、ほとんどのファースト・アルバムと同様の方法で作られた。バンドのメンバーが作曲し、多くの楽曲をレコーディングしたあと、レコード会社と契約をする、という流れだ。〈クイーン〉にとって幸いだったのは、トライデント・スタジオの空き時間をたっぷり利用できたおかげで、リリースが決定した時点ですでにアルバム全体がほぼ完成していたことだろう。おかげで、〈クイーン〉とプロデューサーのロイ・トーマス・ベイカーはリミックスに専念し、アルバムの質を高める作業に集中することができた。

その後、ＥＭＩは〈クイーン〉の伝説的な"頑固さ"を初めて経験することになった。ＥＭＩのデザイナーたちはアルバム・ジャケットをデザインするのは自分たちだと考えていたが、バンドはいっさい彼らの意見を聞き入れず、自分たちで決めたデザインを持ちこんだのである。それは、照明に浮かびあがるフレディが、彼らしいドラマチックなポーズをきめているライヴ中の写真だった。

細部へのこだわりはメンバーの名前にもおよんでいた。フレディ・マーキュリーとロジャー・テイラーが、ジョン・ディーコンの名前は、ひっくり返したほうがずっと響きがいいと感じたため、ディーコンは"ディーコン・ジョン"となった。ロジャーはひときわ目立つように、ロジャー・メドウス・テイラーというフルネームを使った。彼ら

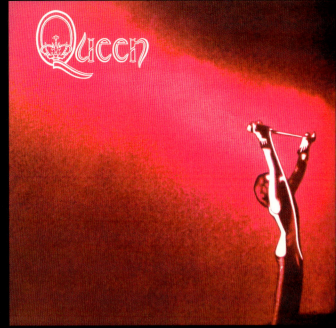

はまた、"クイーン"という華やかなバンド名にふさわしい宣伝写真を撮りたいとも考えていた。

1972年、トゥルーロ時代のロジャーの友人ダグラス・パディフットが、フレディのフラットで初の宣伝用写真を撮影した。メンバーがフェザーボアやアンティーク、〈ビバ〉の小物に囲まれた写真である。〈ビバ〉はフレディの恋人メアリー・オースティンが働いていたケンジントンのブティックだ。メンバーは、グラムロックほどけばけばしくはないとはいえ、各自が奇抜な衣装で撮影に臨んだ。フレディはその後まもなく、爪に黒──ステージでは白──のマニキュアを塗り、様々な様式をミックスさせた独特の外観に、もうひと味加えた。

1973年7月6日にリリースされたデビュー・アルバムからの初シングルは、ブライアン・メイが作曲した「炎のロックン・ロール（Keep Yourself Alive）」だった。チャートにランクインこそしなかったものの、ごく初期の時点から〈クイーン〉にはハードロックとポップを絶妙に組み合わせる才能があったことをうかがわせる曲である。常に完璧主義者のブライアンは後年、このときのレコーディングは満足のいくものではなく、「ぼくたちの潜在能力を存分に引きだすことができなかった」と、わたしに打ち明けた。

しかし、その1週間後にアルバムがリリースされるとあって、出来の良し悪しにこだわっている暇はなかった。ファースト・アルバムに寄せられたレビューは、褒めているもの、けなしているもの、どっちつかずのものが半々だった。これは〈クイーン〉がその後何年にもわたって音楽ジャーナリストから受けることになる微妙な反応の先駆けとなった。その結果、メンバーは彼らに多少なりとも反感を抱くようになったが、けなされたときには、"おれたちは優れているんだ"というオーラが盾代わりになってくれた。自分たちの実力を誰よりもよくわかっているのは自分たち自身であることを知っていたのだ。

〈クイーン〉はこのアルバムで、自分たちが完成されたバンドで、表現したいことがたっぷりあると示してみせた。アルバムには、（もとバンド仲間のティム・スタッフェルと書いた「ドゥーイング・オール・ライト（Doing All Right）」も含め）ブライアンの曲が5曲、フレディの曲が5曲、ロジャー作の「モダン・タイムス・ロックン・ロール（Modern Times Rock'n'Roll）」が収録された。

神秘主義や空想世界のイメージをインスピレーションの源にしているフレディとブライアンは、並のソングライターとは一線を画していた。フレディ作の「ライアー（Liar）」と「マイ・フェアリー・キン

前ページ：1972年12月20日、ロンドンのマーキー・クラブのライヴ。ダグラス・パディフットが撮影したこの写真は、〈クイーン〉のデビュー・アルバムのジャケットに使用された。
左上：デビュー・アルバム『戦慄の王女』のEMIレコード版。
右上：エレクトラ・レコードの同アルバム
下：ファースト・シングルとなった「炎のロックン・ロール」の日本盤。

1st ALBUM『戦慄の王女（クイーン）』

グ（My Fairy King）」は、ブライアンの「炎のロックン・ロール」「サン・アンド・ドーター（Son and Daughter）」「ドゥーイング・オール・ライト」とほぼ正反対──まさしく、1枚の硬貨の表と裏のように聞こえる。

アルバム・ジャケット裏のクレジットには、「……誰もシンセサイザーを演奏していない」という、かの悪名高い自慢が添えられている。初期のアルバムで、彼らは電子キーボードを使っていないこと、自分たちがボーカルとギター、ベース、ドラムからなる伝統的なロックバンドであることを誇りに思っていた。シンセサイザーの代わりに、ブライアン・メイは多くの時間を費やし、手製のギターでギター・パートとハーモニーを何層にも重ねていった。

「ただぼくらはそうした、ってだけのことさ」ロジャー・テイラーに言わせればこういうことだ。「些細なこだわりだったかもしれないが、ぼくらにとっては大きな意味があった」

「あのアルバムには、二度と取り戻せない若さと斬新さがあった。ほら、若いときは一度しかないからね」ブライアン・メイはわたしにそう語った。「かなり荒っぽかったし、演奏も下手くそだった。プロデュースも良くなかったが、その後のアルバムのような時間的余裕がなかったから仕方がない。あれはトライデント・スタジオが空いている時間に少しずつ録音したんだ。そのせいで、ぼくには断片的な録音の寄せ集めに聞こえる。サウンド的にも統一感がなかった。なにせ、継ぎはぎだらけだから。それでも、あのときに戻ってもう一度やり直したいとは絶対に思わないね。あのアルバムには、二度と持てない新鮮さがあると思う」

『マイ・フェアリー・キング』は、その後の可能性を示唆する曲でもあった。フレッドがピアノを弾くオープニングは、実験的な試みだったんだ。ほら、彼は趣味で弾いていたけど、ライヴ・ステージに

ピアノを置くことは大反対だったからね」

ファースト・アルバム『戦慄の王女』は、レコーディングを終えてから18か月後にようやくリリースされることになった。同時期にライヴ活動をはじめた〈ロキシー・ミュージック〉の活躍を横目で見ながら、心配性のブライアンは自分たちが好機を逸したのではないかと気を揉んでいた。デヴィッド・ボウイが"ジギー・スターダスト"に変貌し、大スターになるのを目の当たりにしたとあって、彼らが焦りを募らせていたのも無理はない。とはいえ、ついに運命の歯車は回りはじめた。「炎のロックン・ロール」はBBC2の音楽番組《The Old Grey Whistle Test》で流され、BBCラジオ1のDJジョン・ピールがホストを務める番組では、生演奏を録音することになった。

アルバムが発売されたあと、〈クイーン〉はインペリアル・カレッジやマーキー・クラブなどで、当時彼らの活動のメインだったクラブ・ライヴをいくつかこなし、加えて1973年9月13日、BBCの番組《In Concert》のために、ゴルダーズ・グリーン劇場で宣伝ライヴを行った。きわめて重要な活動ではあったが、どれもその後に訪れる、爆発的な成功に向けての準備に過ぎなかった。

同年11月、〈クイーン〉はイギリスで最も流行りのツアーで演奏するチャンスを手にする。彼らにぴったりの重厚なグラムロック・サウンドを持つ〈モット・ザ・フープル〉のサポート・バンド（前座）としてツアーに同行することが決まったのだ。観客は成功への階段を着々と上りはじめたバンドを、おまけとして無料で観るチャンスに恵まれたのだった……。

---
前ページ：ロンドンのホーランド・ロードにあるフレディのフラットで、バンド初の宣伝写真の撮影が行われた。1972年、ダグラス・パディフット撮影。
上：1972年12月20日、ロンドンのマーキー・クラブでライヴ中のフレディとブライアン。

# John Deacon

## ジョン・ディーコン

ジョン・ディーコンは"引っ込み思案で内気"だからといって、決して"弱い"わけではないことを、長年かけて証明してきた。彼はおとなしいかもしれないが、いったんこうと決めたら自分の意見をはっきりと告げる男だ。

〈クイーン〉の最年少メンバー、ジョン・ディーコンは1951年8月19日、レスターのセント・フランシス・プライベート病院で、アーサー・ヘンリー・ディーコンとリリアン・モリー・ディーコンのもと生を享けた。ノリッチ・ユニオン社で働いていた父アーサーは電子工学が趣味で、幼い息子ジョンにもそれを勧めた。まもなくジョンは、電子工学のもたらす大きな可能性に魅せられる。7歳のとき、両親は彼に最初のギター、プラスチックの赤い"トミー・スティール"スペシャルを買い与えた。

ジョンは電子工学の才能を発揮して自分でテープ・レコーダーを作り、ラジオから流れてくる曲を録音した。音楽にも興味があったものの、ギターを弾くコツがなかなかつかめないこともあって、この頃はまだ電子工学への興味のほうが強かった。レスターのガートリー・ハイ・スクール（訳註：日本の中学校に相当）では、ずば抜けて科学の成績がよかった。

1962年、ガートリー在学中に友人たちと演奏をはじめた彼は、再びギターをとり、アンプ代わりにしようと自分で作ったテープ・レコーダーをリハーサルに持ちこんだ。母から買ってもらったスペイン製のアコースティック・ギターは、まもなく60ポンドのエレキ・ギターに取って代わった。

1962年に父を亡くしたジョンは、そのショックと悲しみを音楽で紛らわせ、やがて最初のバンド、〈ジ・オポジション〉を結成した。新生バンドのリード・シンガーはリチャード・ヤング、ベースはクライヴ・キャッスルダイン、ドラムはナイジェル・バレンだった。まだわずか14歳のジョンはリズム・ギターを受けもった。バンドのサウンドは、ポップとソウル、モータウンのカバー曲を混ぜ合わせたもので、1965年9月、ベーシストのホーム・パーティでライヴ・デビューを果たした。

メンバーは一定しなかったが、〈ジ・オポジション〉はレスター近郊で活発にライヴ活動を行った。クライヴがバンドを抜けると、ジョンはベーシストになろうと決意し、初めてのベース、EKO（エコー）を買った。バンド名は〈ザ・ニュー・オポジション〉、その後〈アート〉と変化していく。

ジョンは勉学にも励み、1969年の夏、ビーチャム・グラマー・スクールを8つのOレベル（中等教育修了資格）、数学と高等数学と物理で3つのAレベル（高等教育修了資格）を取得して卒業、ロンドン大学のチェルシー・カレッジへの入学許可を得た。幼いときから自分は絶対ロンドンに行くことになると思っていた彼にとっては、願ってもない展開となったわけである。彼は学業に励みながらも、様々なライヴに足を運び、1970年10月、ケンジントンの不動産管理カレッジで〈スマイル〉というバンドに出会う。

音楽の道に進みたいと強く願いつづけていたジョンは、ルームメイトであり学友のピーター・ストッダートと演奏をしていた。すぐに別のふたりの仲間が加わったが、できあがったバンドは満足のいくレベルではなかった。他のバンドのオーディションも受けたものの合格しなかった。

1971年の初め、彼はストッダートと別の友人クリスティン・ファーネルとともに、マリア・アスンプタ教員養成学校内のディスコに出

「ぼくは"おとなしいやつ"なんだ。ほら、バンドにひとりはそういうのがいるだろ。しかも、たいていはベーシストだ」
——ジョン・ディーコン

ジョン・ディーコン

かけ、ファーネルから3人の友人を紹介された。ロジャー・テイラー、ブライアン・メイ、ジョン・ハリスである。ジョンは〈スマイル〉のライヴでブライアンとロジャーを見たことを思い出し、ベーシストを探しているという言葉に、ベースと手製の小さなアンプを持ってオーディションに向かった。その後バンド内で"ディーキー・アンプ（Deacy Amp）"という愛称で呼ばれることになるこのアンプを〈クイーン〉が初めて目にしたのはこのときだ。

ジョンは廃棄物入れコンテナで見つけたサーキット・ボード（回路基板）と、使っていないブックシェルフ型スピーカーを使ってこのアンプを作りあげた。ギターを繋ぐと、ジョンいわく「ひずんでいるが暖かい」サウンドが出る。同じく物造りの得意な仲間のブライアン・メイは、それを自分のギター、レッド・スペシャルに使うことに決めた。

「あの小さなアンプは、魔法のようなものだった」そう語るブライアンの声には、驚きがこもっていた。「正確にどういう仕組みなのかわからないが、ディーキーはあれを廃棄されていた部品から組み立てたんだ！（ギターで作りだす）あらゆる種類のサウンドをあのアンプを使って拾うコツは、正しい場所にマイクを置くこと。それと、音質をコントロールするワウペダルを使うことで、トランペットやトロンボーンのような様々な音色のサウンドを作れる。それなのにもの

右：1973年11月、〈モット・ザ・フープル〉とのツアー中、ステージにて。
下：1978年後半、『ジャズ』アメリカ・ツアー中のライヴ風景。

すごくシンプルな構造で、電子的な加工はいっさいされていないんだ」

ジョンはディーキー・アンプにベースを繋ぐと、すぐさま〈クイーン〉初期の曲を何曲か覚えた。オーディションはうまくいった。既存のメンバーたちは彼の音楽性を認め、彼が自分たちとは正反対──3人は傲慢とも言えるほど自信たっぷり、かたやジョンは物静かで控えめ──であることも気に入った。その数日後、1971年の2月の終わり、ジョンは〈クイーン〉というジグソーパズルの最後の一片としておさまったのである。

彼はバンド内で技術的な問題が持ちあがるたび電子工学の才能を発揮したばかりか、ソングライターとしても着実に力をつけていった。ジョンは「マイ・ベスト・フレンド（You're My Best Friend）」「ブレイク・フリー／自由への旅立ち（I Want To Break Free）」「地獄へ道づれ（Another One Bites The Dust）」といった〈クイーン〉のヒット・シングルを何曲も書いている。〈クイーン〉のなかで唯一、ソロとして活動することを考えたことはなかったが、1986年に、映画『ビグルス　時空を越えた戦士』のテーマソングとなるシングル「ノー・ターニング・バック（No Turning Back）」を録音するため、〈ジ・インモータルズ〉というグループを結成した。しかし、フレディ・マーキュリーの死後、音楽への興味を失い、1997年に引退した。ロジャー・テイラーとブライアン・メイは、〈クイーン〉の音楽活動に関するニュースをジョンに伝え続けている。たいていは、ジョンから返事がなければ、同意したと解釈しているという。そうそう、ディーキー・アンプは、いまやウィキペディア・ページを持つほど有名になった。

"おとなしい"ジョン・ディーコンは〈クイーン〉のなかで摑みどころのない存在となる。もっとも彼は、おとなしいだけでなく常に一本筋が通った男でもあった。

# Queen II

### ALBUM『クイーンII』

　メジャー・バンドとして初のツアーに出るまえ、〈クイーン〉にはもうひとつだけ片付けねばならないことがあった——2作目のアルバムのレコーディングである。今度は、"空き時間"や夜中に細切れに録音する必要はなく、公式に予算を得て、きちんとスケジュールが組まれていた。1973年8月、彼らはプロデューサーのロイ・トーマス・ベイカーとともにトライデント・スタジオに入り、現代ロック音楽史で最も野心的な作品のひとつとなるセカンド・アルバムを作りあげた——デビュー・アルバムでぎりぎりチャート入りしただけのバンドが、である。

　バンドの音楽性の中心となる主役ふたりの対照的なスタイルに再び焦点を当てたこのアルバムは、ふたつの面で構成されている。フレディによる魔力とも言えるようなカリスマの炸裂するB面の〝サイド・ブラック〟、ブライアンによる穏やかで優しいA面の〝サイド・ホワイト〟——まったく異なるふたつの面を表現することで、〈クイーン〉はすでに十分野心的かつ洗練された、恐れを知らぬパイオニア・バンドとなったことを証明してみせた。『クイーンII』のサイド・ホワイトでは、堂々としたブライアンの存在感が存分に発揮されている。彼が作った4曲(「プロセッション(Procession)」「父より子へ(Father To Son)」「ホワイト・クイーン(White Queen [As It Began])」、「サム・デイ・ワン・デイ(Some Day One Day)」は、頭のなかの壮大な音楽をいかにしてレコードという媒体に刻むかを体現している。ブライアンの抑えた演奏からにじみでる駆りたてられるような勢い、分厚いハーモニーとともに注意深く組み立てられたひとつひとつの音に加え、フレディ独特のボーカル、ジョンとロジャーによるリズム・セクションは、まさしくファースト・アルバムのレビューで〈ローリング・ストーン〉誌が評した"音の火山"という表現にふさわしいものであった。

　ロジャー・テイラーのテンポの遅いロック調の「ルーザー・イン・ジ・エンド(The Loser In The End)」がブライアンとフレディの曲を繋ぐ架け橋の役目を果たす一方、『クイーンII』でのフレディは、「オウガ・バトル(Ogre Battle)」の狂ったようなシャウトから「フェアリー・フェラーの神技(The Fairy Feller's Master-Stroke)」(ヴィクトリア朝の画家リチャード・ダッドによる同名の絵画からインスピレーションを受けた)の吟遊詩人のようなボーカル・スタイルまで、これが〈クイーン〉だと言わんばかりに歌いきっている。また、典型的なバラードとはひと味違う「マーチ・オブ・ザ・ブラック・クイーン(March Of The Black Queen)」と「ファニー・ハウ・ラヴ・イズ(Funny How Love Is)」では、フレディの見事な七変化ぶりが見られる。このアルバム最後の曲は、再収録された「輝ける7つの海(Seven Seas of Rhye)」だ——『戦慄の王女』ではテンポの遅いインストゥルメンタル曲だったが、フレディの編曲により生まれ変わり、初のヒット・シングルとなった。

　何年もあとブライアン・メイと話したときも、彼の『クイーンII』への愛情は衰えていなかった。『クイーンII』に収録されている曲は、ぼくらにとってもファンにとっても大きな意味を持っている。まさに〈クイーン〉とは何かを凝縮したもので、ある意味、ぼくらの表現す

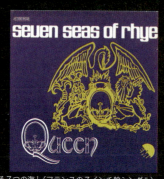

上：セカンド・アルバム『クイーンII』と、「輝ける7つの海」(フランスの7インチ盤シングル)。どちらも1974年発売。右：1974年9月4日、プリムローズ・ヒルにある、写真家ジョニー・デュー・マシューズのスタジオで行われたフォトセッション。

ALBUM『クイーンII』

るものすべてが詰めこまれていたと言える。あれはほかのどのアルバムよりも、ぼくらの音楽の方向性を確立してくれたんだ。当時はありとあらゆる冒険的なアイデアが生まれた時期で、『クイーンII』のなかには、あれ以来ぼくたちがやってきたすべての種があった」

〈クイーン〉は再び、アルバムの"見せ方"にこだわった。ロック写真界で新星と絶賛された、デヴィッド・ボウイとの撮影を終えたばかりのミック・ロックに、『クイーンII』のジャケット・コンセプトを依頼したのだ。ミック・ロックはアルバムの〝サイド・ホワイト〟と〝サイド・ブラック〟をヒントにして、このアルバムの光と影を表現するヴィジュアルを考えだした。そしてまさに期待どおり、このアルバム・ジャケットはロック史において一躍有名となった。また、同じコンセプトがのちの「ボヘミアン・ラプソディ」のプロモーション・ビデオでも使われた。ダブル・ジャケット（訳註：見開きになるもので、開くと内側に写真や歌詞などが印刷されているジャケット。）の表面の"ブラック・クイーン"では、喪服を着たフレディが深刻な表情のブライアン、ロジャー、ジョンに囲まれ、ジャケットを開いた中面の"ホワイト・クイーン"の写真は、それとは対照的にメンバー全員が白に身を包んでいる。

1973年11月から12月にかけて、彼らは〈モット・ザ・フープル〉のツアーでサポート・バンドをつとめ、全英で21回のライヴをこなした。セカンド・アルバムがリリースされるのはまだ4か月も先のことだったが、〈クイーン〉はこのツアーでアルバムのほぼ全曲を演奏することにした。トライデントはこのツアーのサポート・バンドを〈クイーン〉にするために3,000ポンド払った。〈モット・ザ・フープル〉のファンは〈クイーン〉を気に入るだろうから、宣伝効果があると判断したのだ。彼らの思惑は図に当たる。フレディの奇抜さがハードコアなロックファンに受け入れられないことはあったものの、〈クイーン〉はたいていのサポート・バンドが得る無関心とは大違いの熱狂的な反応で迎えられた。

まもなくこのツアーはダブルヘッダーになった。つまり両バンドが主役として扱われたのだ。12月14日にハマースミス・オデオンでライヴが行われる頃には、〈クイーン〉の評判はうなぎ上り、同日に追加公演を組まねばならないほど膨れあがっていた。ふたつのバンド、マネージメント、そしてクルーのあいだで軋轢はあったが、いずれも穏やかな言い争い程度に留まった。〈モット〉のリーダーのイアン・ハンターは、サポート・バンドとしてプレーすることの難しさを知っており、〈クイーン〉がショー全体を盛りあげてくれることを感謝していた。ブライアンいわく、「〈モット・ザ・フープル〉とのツアーは最高だった」。そして「ナウ・アイム・ヒア（Now I'm Here)」の歌詞には、〝街のなか、フープルとおれだけさ〟と彼らのバンド名を入れている。移動のバスが同じだったことも、友情をはぐくむ一助となった。〈モット〉はその後アメリカ・ツアーでサポート・バンドを探す段になると、迷わず〈クイーン〉を選んだ。

1973年が終わりに近づくなか、〈クイーン〉は、ロックンロール業界で確固たる地位を築く準備を開始した。1974年は多くの意味で厄介事に満ちた年となったものの、年初め、「輝ける7つの海」の発売直後、彼らはBBCの生放送音楽番組《Top Of The Pops》に出演するという幸運に恵まれた。デヴィッド・ボウイが出られなくなり、急きょ代役が回ってきたのだ。イギリスの人気テレビ番組に出演した影響はすぐに現れ、「輝ける7つの海」のシングルは英国チャートの10位になり、1974年3月8日にリリースされたアルバムは5位まで上り詰めた。こうして着実に実績を築いたあとに、イギリスで最も有名なコンサート会場、ロンドンのレインボー・シアターでヘッドライナーを務めるコンサートをクライマックスとするツアーが企画された。〈クイーン〉はいまや押しも押されもせぬ人気バンドになったのだ。

アメリカではまだそれほど知名度が高くなかった彼らは、〈モット・ザ・フープル〉のサポート・バンドとしてデンバーのレジス大学を皮切りに、初ツアーを行うことになった。この25か所を回るツアーにより、アメリカのアルバムチャートではデビュー・アルバムが83位に、『クイーンII』は最終的に49位に食いこんだ。

1970年代のアメリカでファンを増やすには、怒涛のツアーを行い、ラジオで曲をヘビーローテーションしてもらうことが欠かせなかった。しかし、ニューヨークでの6回のライヴのあと、彼らはブライアン・メイが肝炎にかかるという災難に見舞われる。ブライアンが絶対安静を言い渡されたため〈クイーン〉はイギリスに戻り、アメリカ進出は一時中断となった。

イギリスでも、主要メンバーのブライアンが命を脅かす病と闘っているときに、バンドとしての地位を確立するうえで重要な3枚目のアルバムのレコーディング準備にかからねばならないという大きな困難が待ち受けていた。しかし、彼らは見事それを乗り越え、またしても素晴らしいアルバムを作りあげた。

1974年3月、『クイーンII』のツアーで演奏するブライアン。

『クイーンII』ツアーでライヴ中のメンバー。

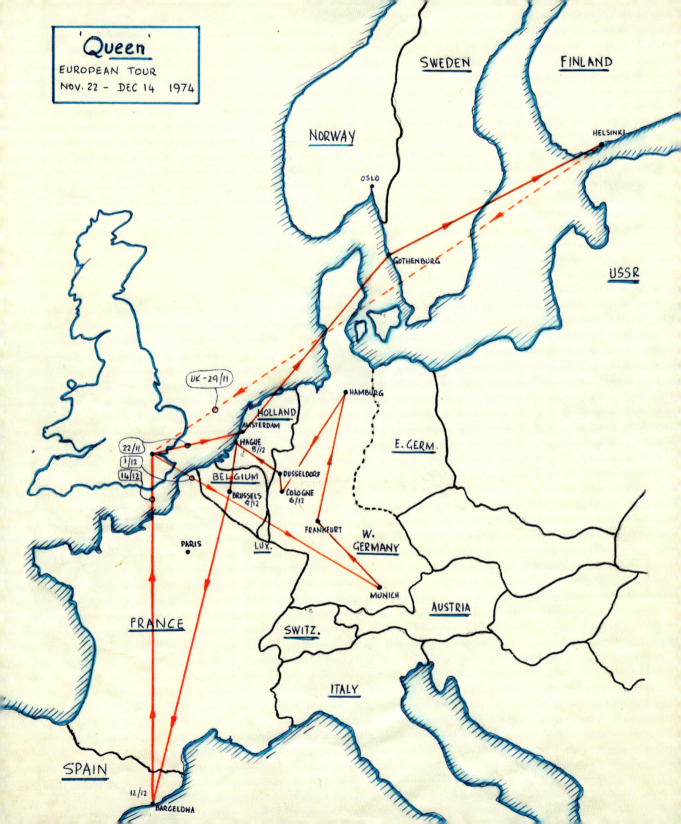

> RAINBOW THEATRE
> FINSBURY PARK General Manager: D. J. COUNTER
>
> MEL BUSH presents
> QUEEN and Support
> EVENING 7-30
> TUESDAY, NOVEMBER 19th, 1974
> STALLS
> £1·75
> incl. VAT
> O23
>
> TO BE RETAINED　　　FOR CONDITIONS OF SALE SEE OVER

**前ページ**：1974年の〈クイーン〉初のヨーロッパ・ツアーの道筋を示す、ブライアンの父ハロルドによる手書きの地図。各ツアーの行程と概要がひと目でわかるように、ハロルドがまとめた多くの資料のひとつだ。
**上**：1974年11月、〈クイーン〉はロンドンのレインボー・シアターを再度訪れ、伝説となったふたつのコンサートを行った。どちらもライヴ・ビデオとCDとして残されている。これは、そのコンサートのチケット。ファンにとっては、非常にレアな記念品だ。この夜のライヴは、午後7時半開演。チケット価格はなんとたったの1.75ポンドだった！

# Sheer Heart Attack
### ALBUM『シアー・ハート・アタック』

『クイーンⅡ』がバンドのオリジナリティの高さと、優れたコンセプト・アルバムを作る才能を示したとすれば、3枚目の『シアー・ハート・アタック』は、それとは正反対に短く鋭い驚きを連ねたものと言える。これは商業性たっぷりながら、丹念に磨かれた〈クイーン〉の音楽とイメージをさらに明確にするアルバムとなった。

このアルバムの完成度の高さこそ、襲いかかる苦難に柔軟に対処できる〈クイーン〉の多才ぶりを如実に示していると言えよう。ブライアンにドクター・ストップがかかり、〈クイーン〉はアメリカ・ツアーを中断してイギリスに戻った。ブライアンは肝炎と診断され入院。ようやく回復したと思った矢先、今度は十二指腸潰瘍で倒れ、再び入院するはめになった。

とはいえ、メンバーは『シアー・ハート・アタック』の制作を中断することはせず、1974年7月、ウェールズのロックフィールド・スタジオ、ＡＩＲスタジオ、トライデント・スタジオでセッションを続けた。すっかり落ちこんだブライアンが、バンドは自分を切り捨てるかもしれないと思った時期もあったが、フレディがたびたび見舞って彼を励まし、この疑いを払拭した。

わたしはこのアルバムのレコーディング中にフレディと話す機会があったが、彼はインタビューの席にブライアンがいないことをこう説明した。「ブライアンはスタジオで大忙しなんだよ、ダーリン……。〈クイーン〉では、病気が治ったら不在のあいだの埋め合わせを必死でしなくてはならないのさ！」と。

実際〈クイーン〉は、全メンバーが元気なときにも、こういう形で作業をすることに慣れていた。楽曲とアレンジが非常に複雑なため、ひとりひとりが自分のパートに責任を持たねばならない。そうして初めて、メンバー全員が集まり、全体をまとめて〈クイーン〉特有のモチーフで曲を彩ることができるのだ。

『シアー・ハート・アタック』は何よりもまず、わくわくさせてくれるロック・アルバムであり、彼らが一瞬でインパクトを与えられる曲を提供できることを証明したアルバムでもあった。

「真に優れたロックバンドになるのは、とにかく難しいことなんだ。良質のロック・チューンを書くのは、"いい曲"を完成させるよりずっと難しいんだよ」その後のインタビューでブライアンはそう語った。「ぼくは、〈クイーン〉がロックからあまり離れすぎてほしくない。洗練されすぎたバンドにはならないでくれることを願っている。気取りも、てらいもなくステージに出ていき、ロックンロールを演奏する、いつまでもそういうバンドでいたいと思う」

アルバムには、ブライアンが書いたロック・ナンバー3曲、「ブライトン・ロック（Brighton Rock）」に「ナウ・アイム・ヒア（Now I'm Here）」、もう少し思索的な「シー・メイクス・ミー（She Makes Me [Stormtrooper in Stilettoes]）」が収録されている（訳註：ブライアンはもう1曲、短いメロディアスな「ディア・フレンズ」を書いている）。とはいえ、〈クイーン〉がこのときもまだ直面していた"壁"をぶち壊したのは、フレディの「キラー・クイーン（Killer Queen）」だった。モエ・エ・シャンドン、マリー・アントワネット、フルシチョフ、ケネディ、"レーザー・ビーム付きのダイナマイト"に言及したこの曲は、音楽的にも歌詞の面でも、まるで振り子のように行ったり来たりする。

ほかにも、フレディ作の「谷間のゆり（Lily Of The Valley）」や「神々の業（In the Lap Of The Gods）」、ロジャー作のロックンロール賛歌「テネメント・ファンスター（Tenement Funster）」、短いとはいえ品のあるジョン・ディーコンの初作品「ミスファイア（Misfire）」といった幅広いスタイルの曲がアルバムに華を添えた。彼らはこのアルバムでまさに、ロックの世界に「これを凌げるもんなら凌いでみろ！」と挑戦状を叩きつけたのだ。言うまでもなく、誰にも凌ぐことはできなかった。

〈クイーン〉は再び、アルバム・ジャケットに使用する写真の撮影をミック・ロックに依頼した。彼が思いついたアイデアは、汗で顔をてからせ──正直言って少しイカレたように──目を見開いたメンバーのグループショットである。

「演奏の質が非常にいいし、収録されている曲はみなとても特徴があって、それぞれに区別されている、そういう意味では、『シアー・ハート・アタック』は最も磨きあげられ、完成されたアルバムだね」数年後、ブライアンはそう語った。「継続性よりも対比を念頭に置いて作られているが、かといって奇をてらうようなことは一切していない。すべてが『クイーンⅡ』から論理的に発展しているんだ。とはいえ、当時は誰もそれに気づかなかったけどね」

「キラー・クイーン」は、1974年10月11日、「フリック・オブ・ザ・

上：1974年にリリースされたサード・アルバム『シアー・ハート・アタック』。
次ページ：ＥＭＩとの契約署名。左から：ＥＭＩミュージック・パブリッシングのマネージング・ディレクターであるロン・ホワイト、ロジャー・テイラー、ブライアン・メイ、ジョン・ディーコン、ＥＭＩミュージック・ポピュラー・レパートリー部門のジェネラル・マネージャーであるテリー・スレイター、〈クイーン〉のマネージャーであるジョン・リード、そして中央に座っているのがフレディ・マーキュリーだ。

ALBUM 『シアー・ハート・アタック』

リスト（Flick Of The Wrist）」と両A面シングルとして発売され、イギリスのチャートでは2位になった。『シアー・ハート・アタック』がその1か月後にリリースされると、チケットがすべて完売となったイギリス・ツアーに後押しされた形で、これまた2位を獲得した。この成功はヨーロッパのほかの国々にも波及した。非常に重要なアメリカの市場も〈クイーン〉に深々と頭を垂れ、サード・アルバムは最高12位を記録、32週にわたってビルボード・チャートに留まった。

〈クイーン〉は、アメリカでのツアーを心待ちにしていたものの、ツアーが始まって3週間後、今度はフレディが体調を崩した。喉の具合が次第に悪化したため病院に行くと、専門医から"ポリープがふたつできている。3か月は歌えない"という芳しくない診断を下されたのだ。

ワシントン州でひとつライヴをこなしたあと、フレディはセカンドオピニオンを求め、別の医師の診断を仰いだ。今度は、"ポリープはないが、喉がひどく腫れている。治すには喉を休ませるしかない"と言われた。〈クイーン〉は6つのライヴをキャンセルしたあとツアーを再開したが、フレディはステージを下りると貝のように口を閉ざした。

こうしてどうにか窮地を切り抜けたものの、フレディとブライアンが体調を崩したのは、ほとんど休みのない過密スケジュールが原因だ。このままではまずいと考えたメンバーは、今後このようなことが起こらないために、もっとスケジュールや仕事量を自分たちで管理すべきだと身に染みて感じた。

そんななか、トライデントとシェフィールド兄弟に対する幻滅は深まる一方だった。世界規模の成功がいまにも手に届きそうだというのに、彼らはそれに伴うはずのものを何ひとつ手にしていない。たとえば、『シアー・ハート・アタック』が大ヒットしたときにも、トライデントからの"給料"は週20ポンドから60ポンドにアップしただけ。バンドの音楽ビジネスを仕切る弁護士、ジム・ビーチがトライデントにかけ合うと、〈クイーン〉にはまだ12万ポンドの貸しがある、という答えが返ってきた。

ALBUM『シアー・ハート・アタック』

　ただ働きもかまわず交渉を重ねたあと、ビーチは〈クイーン〉がトライデントと交わしたレコーディング、出版、マネージメントに関する3つの契約解消に成功した。トライデントには10万ポンドというまとまった額を支払うほかに、次の6枚のアルバムから1パーセントの印税を与える——これが条件だった。10万ポンドは、ＥＭＩミュージック・パブリッシング社のロン・ホワイトが前もってアレンジした前払い金で支払われた。これにより、〈クイーン〉はＥＭＩと長期の関係を結ぶことになる。

　トライデントから離れた〈クイーン〉には、新たなマネージャーが必要となった。唯一の問題は、彼らがほぼ無一文なことだ。彼らは有名弁護士を何人か検討した結果、エルトン・ジョンのマネージメントを担当しているジョン・リードを選んだ。エルトン・ジョンは〈クイーン〉のファンであり——これが彼を獲得するのにひと役買ったことは間違いない——、リードが最優先するクライアントだ。将来起こりうる利害の衝突を防ぐため、彼はパーソナル・マネージャーであるピート・ブラウンに〈クイーン〉の日常業務を任せた。

　この選択が功を奏し、〈クイーン〉はようやく自分たちの運命をその手に握っていると感じられるようになった。

**前ページ**：1974年、最も可能性を秘めた海外アーティストとして〈クイーン〉に授与された"日本ゴールドディスク大賞"。
**上**：1974年、ステージでラディックのドラムを叩くロジャー。
**右**：1974年、ステージでフェンダー・プレシジョンベースを弾くジョン。

# Brian May

## ブライアン・メイ

ロック・ギタリストになるべきか——それとも、天体物理学者になるべきか？ ほとんどの人々には無縁のジレンマだが、ブライアン・メイは60年代にこの難問に直面することになった。彼が下した決断が正しかったことは、ほとんどの人々が同意するだろう。

ブライアンは1947年7月19日、父ハロルド・メイと母ルース・メイのもと生を享け、ロンドン西部郊外のフェルサムで育った。航空省のシニア製図技術者のハロルドは余暇に音楽をたしなむ腕のいいミュージシャンで、ピアノとウクレレが上手かった。息子であるブライアンはその才能を受け継いだものの、子ども時代は毎週土曜朝のピアノ・レッスンがあまり好きではなかった。

ウクレレをマスターしたブライアンは、7歳の誕生日に、小さなスペイン製アコースティック・ギターを贈られた。父ハロルドは物作りや修理が非常に得意で、ふだんから無線装置や望遠鏡、おもちゃなど、なんでも作り、修理していた。それは息子も同様だった。

ブライアンが自分にはアコースティック・ギターより小さくて扱いやすいギターが必要だと感じると、父はフレットボードとピックアップを付けてエレキ・ギターに改造する手助けをした。

少年時代のブライアンは、J・R・RトールキンやC・S・ルイスといった作家のファンタジー小説を夢中で読み、ロニー・ドネガン、トミー・スティール、〈エヴァリー・ブラザース〉とバディ・ホリーが大好きで、レコード・コレクターでもあった。11歳になる頃には、天文学にも傾倒し、星について解説するＢＢＣテレビの番組、《The Sky At Night》に魅了された（訳註：ブライアンは、1998、2011、2012年に番組のゲストとして出演も果たしている）。その番組のプレゼンターを務めていたパトリック・ムーアは、その数十年後、奇しくも彼の科学の師となる。

もっと性能のよいギターが欲しくてたまらなかったブライアンは、1962年、父の助けを借り、一からギターを造りはじめた。こうして、世界一有名な手製ギター、レッド・スペシャルが誕生した。このギターのボディはオーク製で、ネックは18世紀のマントルピース（暖炉の装飾）からペンナイフで刳りぬいたものだった。3つのトライソニックのピックアップとカスタムメイドのブリッジをラスティンのプラスチック・コーティング（ラッカー）塗料で染め、何度も重ね塗りして完成したこの楽器の名前は、錆びたブリキ缶のようなワインレッド色から来ている。ブライアンがこのギターを造るのにかかったのは、たった8ポンドだった。

ブライアンはいまだにオリジナルのレッド・スペシャルを使っているだけでなく、自分の会社であるブライアン・メイ・ギターズ製のレプリカも何台か持っている。今日、このユニークなカスタムメイドのレッド・スペシャルが使われていない〈クイーン〉の曲はほぼ1曲もないと言っていい。

10代のブライアンは、次第に音楽への興味を募らせ、1964年に学友と最初のバンド〈１９８４〉を組んだ。彼らは、トゥイッケナムに近い学校の講堂でリハーサルを行い、同地にあるセント・メアリーズ・チャーチ・ホールと、リッチモンド・ガールズ・スクールで初期のライヴをいくつかこなした。

ブライアンは成績優秀な学生で、10個のOレベルと、純粋数学と応用数学、高等数学と物理学でAレベルを修めた。1965年、彼は物理学と赤外線天文学を学ぶため、ロンドンのインペリアル・カレッジに入学する。

インペリアル・カレッジ在学中、〈１９８４〉の活動を続けていたとき、ブライアンは一生忘れられない経験をする。カレッジで行われた、新進気鋭のミュージシャン、ジミ・ヘンドリックスのライヴで前座を務めたのだ。しかし、その後まもなく、音楽性の違いとブライアンが学業に本腰をいれなくてはならなかったこともあって〈１９８４〉は解散した。

大学の課題や授業は難しくなるばかり。ブライアンは野外学習でスイス・アルプスに行き、マッターホルンのすぐそばで自作の分光計を組み立てた。また、スペインのテイデ山へのリサーチ旅行のあと、個人指導教授とともに書いたふたつの論文は、〈Monthly Notices of the Royal Astronomical Society〉誌に掲載された。

ブライアンの手作りギターは、愛情をこめてレッド・スペシャルと呼ばれた。

メイ家の飼い猫スクィーキーと、父ハロルドと一緒に一から造ったできたてほやほやのギターを弾くブライアン。1963年、フェルサムの自宅にて。

1980年、バックステージでギターのチューニングをするブライアン。

とはいえ、そうした功績にもかかわらず、ブライアンのなかでは音楽のほうが優勢になりつつあった。友人ティム・スタッフェルとともに新バンド〈スマイル〉を結成すると、それはいっそう顕著になる。数回の重要なメンバー・チェンジによってバンドが〈クイーン〉へと変貌したあと、天体物理学のほうはついに中断を余儀なくされた。

これはずいぶん長い中断となった。ブライアンが天体物理学の博士論文を書きあげるためにインペリアル・カレッジに復学したのは、科学を学びはじめてから実に40年以上経た2007年のことだった。彼はスペイン領カナリア諸島の天文台で研究を行い、論文『黄道塵雲における視線速度の調査（A Survey of Radial Velocities in the Zodiacal Dust Cloud）』を完成させた。論文は母校インペリアル・カレッジでの審査を通過し、彼は博士号とＤＩＣ（訳註：インペリアル・カレッジのディプロマ）を授与された。また学術書専門の出版社から論文をまとめた書籍が発売されている。

彼は現在インペリアル・カレッジの客員研究員を務めており、天文学の師であるサー・パトリック・ムーアと天体物理学者クリス・リントットとともに『BANG！宇宙の起源と進化の不思議』（ソフトバンククリエイティブ刊）も共著している。

それだけではない。昔からヴィクトリア朝の立体（ステレオ）写真に魅せられていた彼は、2009年、『A Village Lost And Found』（未邦訳）をエレナ・ヴィダルと共著および共同編集した。これは、イギリスのステレオ写真の先駆者だったトーマス・リチャード・ウィリアムズを取りあげた研究書で、オックスフォードシャー州にあるウィリアムズの故郷、ヒントン・ウォルドリスト村の３Ｄ写真が掲載されている。本の付録である３Ｄ眼鏡は、ブライアンが作ったものであることは言うまでもない。

彼はまた、すべての動物を残虐かつ屈辱的取り扱い、不必要な処分から保護することを目的としたセイヴ・ミー（Save Me）という団体を設立した。抗議活動と議会への陳情活動を盛んに行うこの団体は、キツネ狩りとアナグマ殺処分に強く反対している。

ブライアンは、〈クイーン〉以外の音楽プロジェクトも常に精力的に行ってきた。アイヴァー・ノヴェロ賞を受賞した「愛の結末（Too Much Love Will Kill You）」と、「ドリヴィン・バイ・ユー（Driven By You）」が収録された1991年の『バック・トゥ・ザ・ライト〜光に向かって〜（Back To The Light）』、そして1998年の『アナザー・ワールド（Another World）』という２枚のソロアルバムは大成功をおさめた。2010年には、ミュージカル『ウィ・ウィル・ロック・ユー』でミート役を演じたケリー・エリスのデビュー・アルバム、『Anthems』で演奏とプロデュースを担当している。

"仕事を頼むときはいちばん忙しい者に頼め"、まさにこの格言どおり、様々な分野で活躍を続けるブライアン・メイ。これからもわたしたちを大いに驚かせてくれるにちがいない。

「ぼくは何か月かごとに自信喪失して落ちこんだかと思うと、突然自信が湧いてきて創造性を発揮する。変な生き物なのさ」
——ブライアン・メイ

2003年９月、修復中のレッド・スペシャルのＸ線写真

# A Night at the Opera
## ALBUM『オペラ座の夜』

最新アルバムが、自分たちの『サージェント・ペパーズ・ロンリー・ハーツ・クラブ・バンド』（〈ビートルズ〉の最高傑作）だと主張するバンドは多いが、実際にそうである場合はほとんどない。しかし、4枚目のアルバムとなる『オペラ座の夜』について〈クイーン〉が同じことを言ったときは、これぞまさに自分たちの最高傑作だと、4人とも心の底から思っていた。

左：『オペラ座の夜』のアルバム・ジャケットのクローズアップ。
上：1975年、リッジ・ファームのスタジオで、『オペラ座の夜』をリハーサルするフレディ。ブライアン・メイ撮影。
次ページ：1975年、ＤＪのケニー・エヴェレット（左から3番目）とカメラにおさまるジョン、フレディ、ロジャー。

　バンドのビジネス状況が以前とは格段に向上したおかげで、彼らは音楽に集中することができるようになった。びっしり詰まったスケジュールのなかで、いったいどうやって、ここまで素晴らしい名曲の数々を生みだすことができたのか？　ブライアン・メイは次のように説明してくれた。「昔からぼくらは何事にも、どんな状況にも臨機応変に行動することができる。そしてスタジオに入ると、何もかもが魔法のようにひとつにまとまるんだ」
　『オペラ座の夜』は、〈クイーン〉が頻繁に比較されるヘビメタの巨匠レッド・ツェッペリンとはまったく違う方向性を打ち出しており、ファンや批評家に〈ビートルズ〉の多様性に近いものを持つバンドだと認めさせるアルバム、より広い視野を持つことを強いる1枚だった。
　ロイ・トーマス・ベイカーが再び共同プロデューサーを務めるこのアルバムのレコーディングをはじめるため、〈クイーン〉はウェールズのモンマス近郊にあるロックフィールド・スタジオに落ち着いた。宿泊施設付きのこのスタジオは、一日中音楽に没頭するのにうってつけだった。
　〈ビートルズ〉との比較は、その録音技法にも当てはまる。手の込んだ手法を用いているためレコーディングには時間がかかる。アルバムを定められた期日までに仕上げる必要に迫られ、彼らは複数のスタジオで同時に数曲録音し、その日行った作業を一日の終わりに全員で検討する、というやり方をとった。
　しかし、これにより問題が生じることも多々あった。ブライアン・メイはこの手法が気に食わなかったと語る。
　「ぼくは4人全員で曲に取り組む時間がもっと欲しかった。だが、『オペラ座の夜』のときは、とても無理だったんだ。とにかく時間がなかったから、ふたりはこのスタジオ、残りのふたりは別のスタジオという風に作業を進めなくてはならなかった。そのせいでグループという感じが少し失われてしまったと思う。
　ぼくらはだいたいにおいて、"相談を受ければ別だが、そうでなければお互いの音楽性を尊重する"という方向で作業を進めた。誰かがアイデアを思いついたら、そのアイデアを発展させ、最良の形でそれを表現できる時間を与えてやるんだ。4人揃うことがめったになければ、当然ひとりに対する負担が大きくなる。このアルバムでそれが問題となった部分を指摘することはできるよ。でも、たいていはうまくいった」
　そのとおり。『オペラ座の夜』は、様々な音楽ジャンルを包括し、〈クイーン〉らしい気迫のこもる演奏に彩られた不朽の名作となった。フレディの「デス・オン・トゥ・レッグス（Death On Two Legs [dedecated To……]）」（もとマネージメント会社の某氏にあてつけた曲という噂もある）とブライアンの「スウィート・レディ（Sweet Lady）」はハードロックへの痛烈な皮肉だった。ボードビル・スタイルの「うつろな日曜日（Lazing On A Sunday Afternoon）」、ブライアンの「預言者の唄（The Prophet's Song）」のアポカリプス的なロック・チューン。フレディ作の「ラヴ・オブ・マイ・ライフ（Love Of My Life）」ではロック・バラードをたっぷり聴かせ、一曲ごとに目覚

ましい進歩をみせるジョン・ディーコンの「マイ・ベスト・フレンド（You're My Best Friend）」では純粋なポップを、ロジャー・テイラーの「アイム・イン・ラヴ・ウィズ・マイ・カー（I'm In Love With My Car）」ではロックンロールなライフスタイルを楽しむことができる。

もちろん、「ボヘミアン・ラプソディ（Bohemian Rhapsody）」とそれが彼らにもたらした成功を忘れてはならない。〈クイーン〉は4か月ものあいだ骨身を削ってこのアルバムの制作を続けた。これは当時としては異例とも言えるほどの期間で、ロンドンのラウンドハウス・スタジオでマスコミ向けに試聴会が開かれたときもまだ、このアルバムは完成していなかった。

ブライアンとは違い、フレディはこのアルバムに関して控えめなところはこれっぽっちもなかった。『オペラ座の夜』は疑う余地なく〈クイーン〉の最高傑作だ、と試聴会の夜、フレディはわたしに言った。「最高傑作を作ろうと思っていたわけじゃない。やりたいと思っていたたくさんのアイデアを実行したら、そうなっただけさ。ぼくらが作ったのは、はっきり言って、一部の人々にはとても理解できないほどすごいアルバムなんだ！」

アルバムのタイトルが決まったのは、レコーディング作業の終わり頃だった。プロデューサーのトーマス・ベイカーに勧められて観たマルクス兄弟の映画のひとつ、『オペラは踊る（A Night At The Opera）』という題名が、アルバム・タイトルに完璧だと思ったのである。

1975年、日本で長谷部宏が撮影したメンバーの写真。

1975年7月、リッジ・ファーム・スタジオでくつろぐメンバー。

アルバムはイギリスで1位、アメリカで4位にランクインした。非常に制作費のかかるアルバムだったが、〈クイーン〉は決してひるまずにひたすら作業に打ちこみ、大金を費やす価値は十分あったことを再び証明してみせた。ブライアンが言ったように、「どれほどコストがかかっても、ぼくらはいつだって完璧さを求める」のである。

〈クイーン〉は苦労だらけの過酷なレコーディング作業のあと、リハーサルする時間もほとんどなく、ワールド・ツアーに出ることになる。彼らはこのアルバムをひっさげ、これまで行ったどのコンサートよりも大規模で質の高いステージを披露しようと決意していた。チケットは完売、観客は熱狂し、彼らはファンの期待に十分応えた。

〈クイーン〉のメンバーは、レコーディング作業とライヴ・パフォーマンスは別物として捉えていた。ロジャー・テイラーは、それを当時こんな言葉で語ってくれた。「ライヴをはじめるときには、興奮と期待、そしてもちろん楽しい雰囲気を観客が即座に味わえるようなものにしたいと思っている。これだけは言えるよ――ライヴでもレコーディングでも、ぼくらはベストを尽くす。そして自分たちの音楽を誠実に表現するんだ」

最も成功をおさめた1年を祝うため、〈クイーン〉は1975年のクリスマス・イヴにロンドンのハマースミス・オデオンで、追加コンサートを行った。この模様はBBCテレビの《Old Grey Whistle Test》で

1975年、日本の〈ミュージック・ライフ〉誌の読者が投票した"ベスト・バンド・オブ・ザ・イヤー"賞のトロフィーを手にするフレディ。

ALBUM『オペラ座の夜』

放映され、ＢＢＣラジオ1でも放送された。このイベントにより、彼らはイギリスで最も人気のあるロックバンドとしての地位を獲得した。ヨーロッパ、アジア、アメリカ征服にも、あっと一歩というところまで迫っていた。

1976年、今回は誰も病気にならずにツアーを終了できることを願いながら、彼らはアメリカを皮切りにワールド・ツアーをスタートさせた。30回以上のコンサートをこなす旅程の合間には、めいっぱいプロモーション活動が詰めこまれていた。しかも、わずかな空き時間を見計らって〈モット・ザ・フープル〉のボーカル、イアン・ハンターの素晴らしいソロ曲「You Nearly Did Me In」のバック・ボーカルにも、助っ人として参加している。

アメリカでのツアーが終わると、バンドは日本へと向かった。彼らはキャリアのごく初期、すでにこのアジアの地へと進出を果たし、多くのファンを獲得していた。日本の若者たちはどこよりも早く〈クイーン〉の音楽とそのスタイル、パフォーマンスに夢中になった。

1975年4月、『シアー・ハート・アタック』のプロモーションで初来日した際には、なんと3,000人ものファンが空港で熱狂的に出迎え、彼らを驚かせた。さらに、世界的に有名なコンサート会場でもある武道館での初ライヴをはじめ、計11回の『オペラ座の夜』日本ツアーのチケットはすべて完売。これにはバンド一同、驚愕した。フレディは大好きな国で歌うことと買い物を大いに楽しんだ。

ワールド・ツアーの最終地はオーストラリアだ。最初のツアーでは、地元のロックファンは〈クイーン〉にさほど関心を示さなかった。しかし、この2年のあいだに『シアー・ハート・アタック』と『オペラ座の夜』が大ヒットしたことから、このツアーでは、歓迎の雰囲気が高まっていた。ほとんどのショーが売り切れ、オーストラリアも"クイーン・ファミリー"の一員となったのである。

1976年4月の終わり、ワールド・ツアーを無事に終了し、イギリスに戻った〈クイーン〉は、"任務を達成"して肩の荷をおろし、ゆっくり休む権利を手に入れた。

1975年4月20日、日本で茶道を楽しむメンバーたち。

1974年11月、イギリス・ツアー中の"神々の業"の演奏風景。

42〜45ページ：1975年、オフィシャル・インターナショナル・クイーン・ファンクラブのために書かれた、フレディ（42ページ）、ブライアン（43ページ）、ロジャー（44ページ）、ジョン（45ページ）による直筆の手紙。

Hello Dears,

Thanks for giving us a No 1 this year, we all really appreciate it —. Hope you enjoyed our live performances as much as we did —. We shall be taking the same show to America and Japan early in the New Year, but we'll be back before you have time to miss us.

Meanwhile have an outrageous Christmas and a naughty New Year — Love & Kisses to all you darlings —

Freddie

やあ、みんな。

今年ぼくらをナンバーワンにしてくれてありがとう。4人とも心から感謝してる。ぼくらと同じくらい、ライヴを楽しんでくれたかな？ 来年初めに同じプログラムのコンサートをアメリカと日本で行う予定なんだ。でも、みんながぼくらの不在を寂しいと思うまえに戻ってくるよ。

クリスマスと新年は思いっきり羽目を外して楽しくやろう！

大切なみんなに愛とキスを。

フレディ

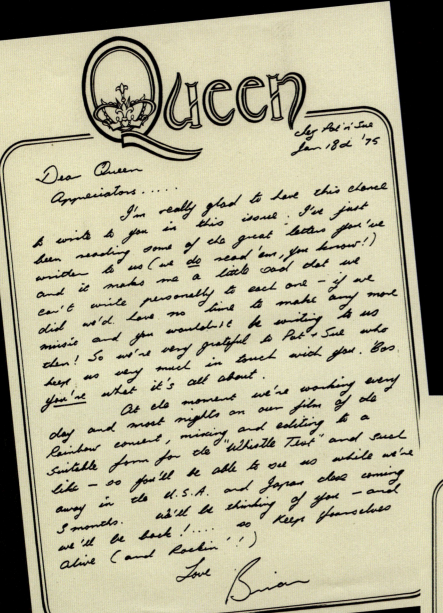

c/o Pat 'n' Sue
Jan 18th '75

Dear Queen
Appreciators......
I'm really glad to have this chance to write to you in this issue. I've just been reading some of the great letters you've written to us (we *do* read 'em, you know!) and it makes me a little sad that we can't write personally to each one — if we did we'd have no time to make any more music and you wouldn't be writing to us then! So we're very grateful to Pat + Sue who keep us very much in touch with you. Cos *you're* what it's all about.
At the moment we're working every day and most nights on our film of the Rainbow concert, mixing and editing to a suitable form for the "Whistle Test" and such like — so you'll be able to see us while we're away in the U.S.A. and Japan these coming 3 months. We'll be thinking of you — and we'll be back!..... so Keep yourselves Alive (and Rockin'!!)
Love
Brian

パットとスー
1975年1月18日

クイーンのファンのみなさんへ

　今回のニュースレターにメッセージを載せることができて、とても嬉しい。ちょうどファンレターを読んでいたところだ（4人とも、ちゃんと読んでるよ！）。ひとりひとりに返事を書けないのは少し残念だが、音楽を作る時間がなくなって、みんなに愛想をつかされたら元も子もないからね！　こうやってきみたちと交流できる機会を作ってくれたパットとスーには心から感謝している。何もかも、きみたちファンがいればこそだから。
　いまは毎日毎晩、レインボーで行ったライヴ映像を見て、《The Old Grey Whistle Test》で流せるようにミックス作業や編集をしているところだ。こうすれば、これから3か月間、ツアーでアメリカと日本を周っているあいだも、ぼくらの姿をきみたちに見てもらえるだろ？いつもきみたちのことを考えてる——そして絶対に戻ってくる！　だから元気で、ロックを楽しんでいてくれ！

愛をこめて
ブライアン

やあみんな。
　ロジャーだ。今回はぼくがメッセージを書いてる。ぼくらが何をしていたか、いま何をしているのか、それにこれから何をするのかを報告したい。
　さて、信じられないかもしれないが、イギリスで最後にコンサートを行ってから、4人ともこれっぽっちも休む暇がなかった。といっても、ここ最近の活動のすべてがぼくらにとって一番楽しい経験だったとは言えない。
　端的に言うと、"ジョン・リード"が新しいマネージャーになった。彼とはとてもうまくいっている。ジョンはエルトン・ジョンのマネージャーでもある。つまり、手腕のほどは保証付きってわけ。マネージャーを変えたのも、それに伴う作業もひどく退屈だった。くどくど愚痴を言うつもりはないが、そのせいで次のアルバムのレコーディングとツアーの予定が遅れたのはたしかだ。でも、心配無用。みんなも知っていると思うが、いまぼくらは大車輪で働いているから、新しいアルバム『オペラ座の夜』は11月半ばまでにはリリースされると思う。これを書いているいまも、スタジオで必死になってアルバムを完成させようとしているところだ。いまのところ最高の出来栄えで――実際、これまでのどのアルバムよりよくできてる！ きっと気に入ってもらえると思う。
　11月と12月にまたイギリスを周るのが待ちきれないよ。ダンディーからブリストルまでのコンサートのどこかで、きみたちに会えることを願っている。
　それじゃ、兄弟姉妹のみんな、楽しい毎日を過ごしてくれ！

ロジャー・テイラー

---

all. ... quickly time to spill the Heinz to you.

Well believe it or not we haven't had a moment of inactivity since we last played in England, although not all of what's been happening in the recent past has been what we enjoy most. To cut it short we now have a new manager, 'John Reid', who we all get on with really well. He also looks after Elton John so he's well qualified for the job. Changing management etc. was a long boring business and I won't rabbit on too long about it, but it did slow us down a bit in recording the next album and touring again. However as many of you might know we're bin' working our knees off, and should have the new album 'A Night At the Opera' out by mid November. We're in the studios night now working like crazy to finish it, so far it's sounding F.A.B. in fact better than anything so far!? I just hope you all like it.

The thing we're all looking forward to most is touring in Britain again in November and December. Hopefully we'll get to see a lot of you somewhere between Dundee and Bristol!? O.K. then brothers and sisters. Enjoy yourselves above all. Roger Taylor

Hello Everybody,

This is your friendly bass player here! We seem to have been away for ages so I hope you haven't forgotten us!

We saw the whole of America this time from New York to Los Angeles which was quite an experience. It was a shame we missed a few gigs but Freddie's voice managed the rest of the American tour O.K and after our rest in Hawaii, he was in great form in Japan.

We had all been looking forward to going to Japan for a long while, but we never expected such a great welcome. We were all knocked out by the warmth and friendship of the Japanese people and fascinated by their lifestyle.

Three of the pictures in this Newsletter were taken in Japan. One is of us taking part in an ancient Japanese Tea Ceremony where we were served by four beautiful Japanese girls in Kimonos. Freddie wasn't as bored as he looks, but Roger, Brian and I did learn to hold the cups Japanese style!

The other two were taken when Freddie and I visited Nagoya Castle, where we met some very inquisitive Japanese schoolchildren. In the shot with the castle, you may just be able to see Freddie and I in the background as the children couldn't wait to get in on our photos!!!

Anyway it's great to be back home after three months. We'll soon be working on our next album which I'm sure you're looking forward to, so I hope it doesn't take too long!!

Cheers for now

John

やあ、みんな、

きみたちの気のいいベース・プレーヤーだよ、へへ！　長いことイギリスを留守にしてしまったけど、まだ忘れられていないことを祈る！

今回はニューヨークからロサンゼルスまでアメリカを横断できて、すごい経験になった。途中で残念なことにいくつかライヴをキャンセルしなければならなかったけど、フレディの声は残りの北米ツアー中なんとか持ちこたえてくれた。ハワイで休んだあと、日本では絶好調だったよ。

ぼくらはみんな、長いこと日本ツアーを心待ちにしていたが、あんなにものすごい歓迎を受けるとはまったく予想してなかった。日本の人たちはとても暖かくて感じが良くて、本当にびっくりした。彼らのライフスタイルもすばらしい。

このニュースレターには、日本で撮った写真が3枚掲載されている。1枚は日本の伝統的な茶道に参加して、着物姿のきれいな女の子たち4人にお茶を入れてもらったときの写真（編注：41ページに掲載）。フレディは退屈そうに見えるけど、実際は興味津々だったよ。ロジャーとブライアンとぼくは、日本式のカップの持ち方を覚えたんだ！

ほかの2枚は、フレディとぼくが名古屋城を観光したときの写真。そこでは好奇心旺盛な日本の学生たちと出会った。城と撮った写真では、フレディとぼくは後ろのほうにちょこんと写っている。子どもたちが写真に入りたくて押しよせたんだ！！！

それはともかく、3か月ぶりにイギリスに戻ることができて、こんな嬉しいことはない。もうすぐ新しいアルバム作りを始める。みんな楽しみにしているだろうから、あまり長くかからずできあがることを願ってる！！

それじゃ、また。

ジョン

# Bohemian Rhapsody
## ボヘミアン・ラプソディ

1975年の春、フレディ・マーキュリーがこの不滅とも言える歌詞、
「ママ、たったいま人を殺してきたよ……」を初めて書きとめたとき──
ブライアン・メイが弾けるようなロック・フレーズの間奏を弾いたとき──
メンバーが何層にも重ねたボーカルで
オペラ風のリフレーンを録音するためレコーディング・ブースに入ったとき──
ＤＪのケニー・エヴェレットがロンドンのキャピタル・レディオの朝の番組で、
"入手した"テープを同じ週の週末２日にわたり14回もかけたとき──
「ボヘミアン・ラプソディ」がロック史そのものを書き換えることになるとは、
誰ひとり夢にも思っていなかった。

1975年、「ボヘミアン・ラプソディ」のジャケット撮影中のユーモラスな１枚。

ボヘミアン・ラプソディ

1975年7月、リッジ・ファーム・スタジオにて『オペラ座の夜』の曲をリハーサルするブライアン（左）とジョン（右）。

　とくに、彼らの所属レコード会社ＥＭＩは「ボヘミアン・ラプソディ」が大ヒットすることなどありえない、と考えていた。そのため、この曲を『オペラ座の夜』の先行シングルにするという〈クイーン〉の提案に断固として反対した。
　「ボヘミアン・ラプソディ」がオペラ的な曲風に仕上がったのは、アルバムのタイトルとはまったく関係ない。アルバムのタイトルは、「ボヘミアン・ラプソディ」が生まれたずっとあとに決められたものだ。しばらくまえから少しずつこの曲の構想を練っていたフレディは、それが頭のなかでまとまると、メンバーたちにごちゃ混ぜのジグソーパズルのようなヴァージョンをピアノで弾いてみせ、どの部分がどこに入るかを細かく説明した。「このオペラ風のパートはここに入るんだよ、ダーリン……」というフレディの説明に、残りの3人はがばっと体を起こした。"オペラ風のパートだって？　おいおい、いったいどんな曲ができるんだ？"と思いながら──。
　その夏、ロンドンのサーム・スタジオとウェールズのロックフィールド・スタジオでレコーディングが始まると、〈クイーン〉のメンバーは「ボヘミアン・ラプソディ」がどういう曲なのか、そして各セクションがどうなっているのかを、次第にのみこんでいった。まずピアノ、ベース、ドラムの伴奏トラックが録音された。フレディには、どういう曲にしたいかはっきりとしたイメージができあがっていた。ブライアンは「ぼくらはフレディがあの曲に命を吹きこむ手伝いをしただけだ」と語っている。この"赤ん坊"の誕生には、3週間を要した。
　プロデューサーのロイ・トーマス・ベイカーは、フレディが望むとおりのサウンドをレコードに再現する仕事を任された。30秒間のオペラ・セクションは、次第に長さが伸び、ボーカルの厚みも増していき、この部分だけで1日12時間費やすことになった。マルチトラックで録音される聖歌隊のようなハーモニーの中心となったのは、"ガリレオ"や"ベルゼブブ"、"マグニフィコ"や"フィガロ"といった単語を含む難解な歌詞だ。何度も何度もユニゾンで歌われたこのセクションだけで、ボーカル・パートは最終的に180回もダビングされた。
　1970年代のスタジオ機材の技術が限界まで試されたこのセクションのほかに、まだ3つのセクションを録音する必要があった。イントロとハードロックなギター・セクション、そしてエンディングである。この曲のなかには、バラードからミニ・オペラ、激しいロックまで、多くの要素が盛りこまれていた。
　歴史が証明しているとおり、ブライアンのギター・パートはこの曲の要だった。「フレディは、ぼくの演奏を限界ギリギリまで引きだすコツを心得ていたんだ」ブライアンはのちにわたしにそう打ち明け

47

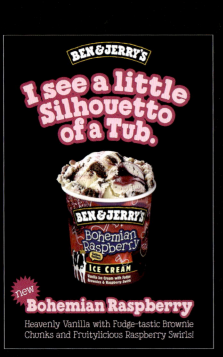

上：2007年ベン&ジェリーズから発売されたボヘミアン・ラズベリー味のアイスクリーム。
右：1975年、アメリカのエレクトラ・レコードからリリースされた「ボヘミアン・ラプソディ」の楽譜。
次ページ：1975年11月、「ボヘミアン・ラプソディ」のプロモーション・ビデオ撮影にて。

た。「ほとんどの場合、最後の一音まで完璧に頭に入っていて、どうしてほしいのかを正確に説明してくれた」

　長さが5分55秒になった時点で、フレディはこの曲をシングルにすると、大胆不敵かつ誇らしげに言ってのけた。マネージメント側（ジョン・リードと彼のパーソナル・マネージャー、ピート・ブラウン）、レコード会社の重役たち、そして噂によればバンドメンバー（ディーコン）でさえも、これには開いた口がふさがらなかったという。

　実際、フレディがマネージメントにそれを告げたときには、まだこの曲もアルバムも完成しておらず、ロンドンのラウンドハウス・スタジオで双方の公式な試聴会が行われている最中だった。

　「オペラ風のところがすごく気に入ってる」フレディはその夜、わたしにそう告げた。「とにかく突飛なボーカルにしたかったんだ。ばかげたことに、いつもほかのバンドと比べられるからね。それに、"シングルは3分と決まっているから、もっと短くすべきだ"と言われたが、これだってばかげてる。カットする必要なんかいっさいない。そもそも、『ボヘミアン・ラプソディ』を短くしたら、曲として機能しないんだ」

　彼らのマネージメントは頑として譲らなかった。「わたしはフレディに、『ボヘミアン・ラプソディ』を次のシングルに提案するのは正気の沙汰じゃない、とわかってもらおうとした」とピート・ブラウンは語った。「そんなことをしたら、"死の接吻"を受ける——つまり一巻の終わりだとね」こんな長いシングルをプレイリストに入れてくれるラジオ局などひとつもない、とジョン・リードも断固として反対した。彼の担当するもうひとりのアーティスト、エルトン・ジョンは、リードにずばりこう言ったという。「おいおい、彼ら、イカれちまったのか？」

　だが、フレディの決意は固く、メンバー全員が彼に味方した。そしていつものように、〈クイーン〉の"ひとりは皆のために、皆はひとつの目的（勝利）のために"というポリシーが勝った。一部の人々はこれを驕りだとみなしたかもしれない。しかし、ブライアンが当時言ったように、「フレディは傲慢な男だと思う人々もいるだろうね。だけど彼が傲慢に何かを主張するのは、それが可能なときだけだ」。

　ＥＭＩが避けられぬ結果を受け入れるにあたっては、この曲をシングル・カットすることに惜しみない声援を送ったケニー・エヴェレットの功績も無視できない。1975年10月31日に発売されるや、「ボヘミ

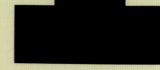

上：「ボヘミアン・ラプソディ」は、1992年の映画『ウェインズ・ワールド』で印象的に使用され、人々の記憶に焼きついた。1992年、MTVの"最優秀映画音楽（BEST VIDEO FROM A FILM）"賞を受賞したときのトロフィー。

右：「ボヘミアン・ラプソディ」の"英国ヒット・シングル・ギネスブック"賞。2002年ギネス・ワールド・レコーズ社による「英国史上最高のシングル曲は？」というアンケートの結果、トップ100のうち、"チャートの記録が始まってから最高のシングル曲"でナンバーワンに投票された。

次ページ：フレディ手書きの、「ボヘミアン・ラプソディ」のマルチトラック・ボックスのオリジナル・トラックシート。

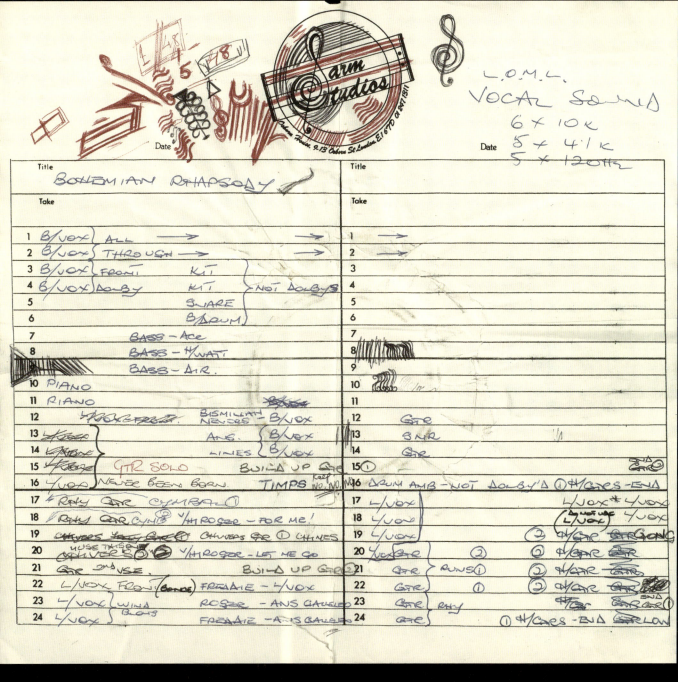

　アン・ラプソディ」は1週目で47位にランクイン。そしてそこから、爆発的大ヒットへの歩みを始めた――。
　イギリスで最大のポップ音楽番組《Top Of The Pops》から出演を依頼されたが、言うまでもなく、この曲をライヴ演奏するのは不可能だ。そこで〈クイーン〉は、ＭＴＶ時代の先駆けとなるプロモーション・ビデオ（ＰＶ）を制作し、彼らのリクエストに応えた。ブルース・ゴワーズ監督が『クイーンII』のアルバム・ジャケットを復活させた、いまや伝説となった「ボヘミアン・ラプソディ」のＰＶは、4,500ポンド（ブライアンいわく「乏しい予算」）で制作された。番組での反響は著しく、3週間後にはナンバーワンとなり、その後なんと9週間ものあいだ1位を保ちつづけた。
　この曲が何に関しての歌なのか、これまでたくさんの人々が問いかけてきたが、フレディ自身は一度もそれを説明したことはない。ケニー・エヴェレットによれば、「フレディは、『ボヘミアン・ラプソディ』が、とりとめもない、韻を踏んだたわごとだと言っていた」。残りのバンドメンバーも同じく、この話題に関して直接的な返答を避けたものの、ブライアン・メイは、フレディの個人的なトラウマを遠回しに仄めかす歌詞が含まれていると感じたという。ロジャー・テイラーは、あれが何を歌っているかは明らかだ、と言うに留めた。結局フレディはこの歌の本当の意味を墓場まで持っていった。そしてまさにフレディ本人が望んでいたとおりに、人々は自分なりの解釈とともに残されたのである。
　1977年10月18日、「ボヘミアン・ラプソディ」は、過去25年間で最高のイギリスのポップ・シングルとして英国レコード産業協会からブリット・アワードを授与された。つまり、史上まれに見る名曲だと太鼓判を押されたわけだ。
　もちろん、〈クイーン〉自身はとうにそれを知っていた！

前ページ&上:「ボヘミアン・ラプソディ」の青い7インチシングル盤アナログ・レコードのスペシャル・エディション。これは、1978年7月、EMIが栄誉あるクイーン・アワード（英国女王賞）の輸出部門を受賞したときの記念レコードで、プレス数はわずか200枚。コレクターズ・アイテムのなかでも、現在とくに入手困難なシングル・レコードのひとつだ。1枚およそ3,000～4,000ポンドの値がつくと言われている――もし見つかれば、の話だが。

# A Day at the Races

## ALBUM 『華麗なるレース』

5枚目のアルバムをレコーディングする頃には、〈クイーン〉は世界に名だたる大物ロックバンドへの道を邁進していた。『オペラ座の夜』の姉妹版となるこのアルバムには、再び、マルクス兄弟の映画（1937年『マルクス一番乗り（A Day At The Races）』からタイトルが付けられた。

1976年の夏、レコーディングを始めるにあたって、彼らは共同プロデューサーのロイ・トーマス・ベイカーの助けを借りず、自分たちでプロデュースすることをすでに決めていた。エンジニアには、マイク・ストーンを選んだ。レコーディング作業はオックスフォードシャー州にあるヴァージン・レコード所有のマナー・スタジオと、ロンドンのサーム・イーストで行われた。フレディ・マーキュリーは当時こう語っている。「ロイは素晴らしい教師だったが、ぼくらはもう自分たちの求めているものがよくわかっている。だから、自分たちでできると感じたんだ」

『華麗なるレース』には、それまでの曲の特徴の多くが取りあげられている。賑やかな「タイ・ユア・マザー・ダウン（Tie Your Mother Down）」と「ホワイト・マン（White Man）」「ロング・アウェイ（Long Away）」「手をとりあって（Teo Torriatte [Let Us Cling Together]）」には、ブライアンの考え抜かれた曲作りのＤＮＡが刻印されていると言っても過言ではない。「タイ・ユア・マザー・ダウン」はこれまでになく豪快な旋律のロックで、その後のライヴのセット・リストの要となった。

フレディはここでも時代の波に敏感であるところを見せ、メンバーそれぞれの能力が存分に発揮される素材を作りだした。ましてもボードビルへの傾倒がうかがえる「懐かしのラヴァー・ボーイ（Good Old Fashioned Lover Boy）」、ブライアンがオーケストラ風のギター・サウンドを作りあげるのに多大な時間を費やすことになった「ミリオネア・ワルツ（The Millionaire Waltz）」、一方で胸が引き裂かれるほど美しい「テイク・マイ・ブレス・アウェイ（You Take My Breath Away）」では、せつせつと愛を歌うフレディの歌唱力が余すところなく発揮されている。「愛にすべてを（Somebody To Love）」を先行シングルにしたこのアルバムの残りの2曲は、それぞれジョン・ディーコンとロジャー・テイラーの明るい楽曲、「ユー・アンド・アイ（You And I）」と「さまよい（Drowse）」である。

〈クイーン〉は再び、4つのまったく異なる個性をひとつにまとめ、誰にも止められない勢いを生みだすという偉業を達成した。「当時、ぼくらほど、それぞれのメンバーが等しく独立しているバンドはいなかったんじゃないかな。長い目で見て、これがぼくらの大きな強みとなったんだ」マスコミの注目がフレディに偏っていたことを承知の上で、ブライアンはそう語った。「マスコミは行き過ぎる傾向がある。ほとんどの連中にとって、残りのメンバーは"ああ、そんなのがいるな"という存在でしかなかった」

レコーディングに入って1か月ばかり経った頃、〈クイーン〉は自分たちの成功を祝うため、そしてファンに感謝するために、時間を割

**左下**：1976年のアルバム、『華麗なるレース』。
**右下**：1976年にＥＭＩが準備したレコード店用の宣伝ディスプレー。段ボール製で、1メートル20センチほどだった。

ALBUM『華麗なるレース』

くべきだと考えた。その結果、短いイギリス・ツアーのメイン・イベントとして、ロンドンのハイドパークでのフリーコンサートを行うことに決めた。ハイドパークは〈ピンク・フロイド〉と〈ザ・ローリング・ストーンズ〉が伝説のフリーコンサートを行った場所だ。〈クイーン〉は彼らを超える大規模で良質なショーにする、という目標を掲げた。

『華麗なるレース』のレコーディングの終了後、彼らがこのコンサートの準備にあてることができたのは、たったの2日間しかなかった。1976年夏に彼らがイギリスで行った公演は、わずか3回のみ。エディンバラのプレイハウス劇場でのウォームアップ・ライヴが2回と、"本番"となるカーディフ城での大規模コンサートだ。これらの最後を締めくくるメイン・イベントとして計画されたのが、ハイドパーク・フリーコンサートである。

「このライヴでは、新曲は少なめにしようと決めてるんだ」とブライアンは当時語っている。「ぼくらのコンサートは初めてという人々が大勢来るはずだから、これまでの歴史を全部見せたほうがいい。このコンサートが、ぼくらが考えているような──ファンへのちょっとしたプレゼントになってほしいと心から願ってるよ。昔みたいにハイドパークで無料ライヴをやれるなんて、夢のようだ。ある意味ロマンさ」

1976年9月18日、控えめに見積もっても15万人がハイドパークに足を運んだ。クリーニング屋の車でこっそりバックステージ入りしたメンバーたちは、ブライアンの言葉どおり、まもなくリリースされるアルバムからは「タイ・ユア・マザー・ダウン」と「テイク・マイ・ブレス・アウェイ」の2曲だけという、"クイーン史"のすべてを包括したセット・リストで観客を盛りあげた。

ハイドパーク・フリーコンサートは驚異的な成功をおさめ、〈クイーン〉が世界でも有数の大物ロックバンドであることは疑いようのない事実となった。1976年12月10日、『華麗なるレース』の発売を記念して、マネージャーのジョン・リードがケンプトンパーク競馬場で華々しいイベントを催した。グルーチョ・マルクスからは、その成功を称えるだけでなく、"われらがマルクス兄弟の映画タイトルを使ったおかげでは？"と指摘する、ユーモアあふれる電報が届いた。

1976年10月、ケンプトンパーク競馬場でマネージャーのジョン・リード（前列・右）とメンバー。当時発売直前だった、アルバム『華麗なるレース』のプロモーション活動の一環。

右：アルバムの宣伝用に作られた競馬をテーマにした〈クイーン〉のボードゲーム。非常にレアで、世界に数個しか存在しないと言われている。

まずはアメリカだ。〈クイーン〉は、雪の吹きすさぶ冬の東海岸に降り立った。ほとんどのコンサートが、通常のコンサート会場より大きなアリーナ級の会場で行われた。ツアーのサポート・バンドに選ばれたのは、〈シン・リジィ〉。この取り決めは、ロンドンのアドヴィジョン・スタジオで催された『華麗なるレース』の試聴会の最中に交わされた。彼らを選んだ理由を、ロジャー・テイラーはこう語った。

「ぼくらのツアーに同行したがっているバンドは1ダースもいる。だが、〈リジィ〉はほかのどのバンドよりもぼくらのオーディエンスに合っていたんだ。それに、彼らはずば抜けて上手い。ほら、自分たちを甘やかしても仕方がないからね。ロックンロールのファンとして、自分が絶対観に行きたいと思うような、レベルの高いコンサートにしたかった」

チケットは完売、ツアーは大成功に終わり、『華麗なるレース』のアルバム・チャートはイギリスで1位、アメリカで2位を獲得。またしても、任務は達成された。

右：『華麗なるレース』に対し、アメリカレコード協会（RIAA）から授与されたゴールド・ディスク。
左下：1976年にグルーチョ・マルクスが〈クイーン〉に送った茶目っ気たっぷりの電報。〈クイーン〉がマルクス兄弟の映画の題名をアルバム・タイトルに使ったことについて書かれている。
右下：ハイドパークでのイベントを宣伝する〈イブニング・スタンダード〉紙のニューススタンド用ポスター。

1976年9月、ロンドンのハイドパークで行われた〈クイーン〉のフリーコンサートを捉えた空中写真。スケールの大きさがよくわかる。

# Sports Aid Foundation

SATURDAY, OCTOBER 16th
1976

**KEMPTON PARK**

OFFICIAL RACE CARD 15p

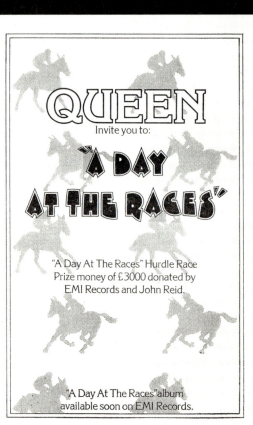

# QUEEN
Invite you to:

## "A DAY AT THE RACES"

"A Day At The Races" Hurdle Race
Prize money of £3000 donated by
EMI Records and John Reid.

"A Day At The Races" album
available soon on EMI Records.

### RACING AHEAD AT KEMPTON PARK
WEDNESDAY and THURSDAY, NOVEMBER 17th and 18th
First Race, Both Days: 1 p.m.

plus

### THE CHRISTMAS MEETING
MONDAY, DECEMBER 27th
KING GEORGE VI CHASE and WILLIAM HILL CHRISTMAS HURDLE
TUESDAY, DECEMBER 28th
LADBROKE DAY
First Race, Both Days: 12.45 p.m.

### RACING AT SANDOWN PARK
TUESDAY and WEDNESDAY, OCTOBER 19th and 20th
and
FRIDAY and SATURDAY, OCTOBER 29th and 30th
featuring
THE £5000 MARLOW ROPES HURDLE

### THE WEIGH INN
This completely new bar and viewing balcony
is designed for the entertainment of sponsors.
Situated above the weighing room, with access
from the Members' Enclosure, this stand is today
being used by
LES AMBASSADEURS and LE CERCLE

### TRAIN SERVICES
TODAY'S RETURN TRAINS
15.33  16.03  16.33  17.03  17.33

### SPORTING PAINTINGS AND PRINTS
ON DISPLAY AND FOR SALE IN THE
MEMBERS TOTE HALL
Supplied by
**KENSINGTON GALLERIES, RIPLEY, SURREY**
Ripley 2884

58～59ページ：1976年10月16日、まもなく発売されるアルバム『華麗なるレース』のプロモーション活動の一環としてケンプトンパーク競馬場で組まれたレースの出走表。

## KEMPTON PARK
### OCTOBER MEETING 1976
#### Saturday, October 16th, 1976

*Under the Rules of Racing and the usual Regulations and Conditions of the Kempton Park Meetings*

**Stewards**
Lord CHELSEA
Lord FERMOY
Major G. C. MAXWELL
Lt.-Colonel Sir MARTIN GILLIAT, K.C.V.O., M.B.E.
Lord CHETWODE
D. R. GREIG, Esq.

*Stewards' Secretaries—*
Lt.-Colonel R. T. S. INGLIS and Lt.-Colonel C. H. F. COAKER

*Handicappers—*
*Steeple Chases—*
Capt. T. C. J. MORDAUNT
*Hurdle Races—*
Mr D. HEYMAN and Mr A. S. R. WINLAW
*Starter—*Sir JOHN GUISE
*Judge—*Mr G. N. D. LOCOCK
*Clerk of the Scales—*Mr J. M. PHILLPOTTS
*Veterinary Officer—*Mr M. J. HENIGAN, M.R.C.V.S.

*Veterinary Surgeons—*
Messrs A. G. LIMONT, M.R.C.V.S. and J. R. LAWTHER, M.R.C.V.S.
*Medical Officers—*
Dr A. McGRATH, M.B., Ch.B. and Dr MANDELL HODGSON, M.B., Ch.B.
*Secretary—*Mr E. W. COUSENS
*Clerk of the Course—*Major G. G. R. BOON
*Club Secretary—*Mrs V. BLACKFORD

*Offices of the Club and Company—*
Kempton Park, Sunbury-on-Thames
Telegraphic Address: "Kempark, Sunbury-on-Thames"
Telephone: Sunbury-on-Thames 82292

United Racecourses Ltd. Managing Director—
Air Cdre W. T. BROOKS, D.S.O., O.B.E., A.F.C.

## Official Racecard                     15p

*Published by authority of the Clerk of the Course and printed by Weatherby Woolnough, Sanders Road, Wellingborough, Northants, NN8 4BX*

---

### SPECIAL RACE
**One Furlong and a Few Yards, on the Flat, for Donkeys**

**LEISURE INDUSTRY DONKEY DERBY**
for Donkeys of any age to be ridden by Friends of the Injured Jockeys Fund and the Sports Aid Foundation
(Each sponsor has kindly presented £100 to the Injured Jockeys Fund)

1 LONG ODDS ........by BOOKMAKER out of POCKET
   Marquee Organisation Ltd.    Orange
2 LAZY BOY ........by LABOURER out of WORK
   Charisma Records Ltd.    Scarlet
3 SAUSAGE ........by PIG out of MINCER
   Phonogram Limited    Dark Brown
4 VAMPIRE ........by BAT out of HELL
   Chappell & Co. Ltd.    Black
5 WITHDRAWN ........by OWNER out of RACE
   Rocket Records Ltd.    Turquoise
6 SEE MORE ........by POPPIN out of DRESS
   'Old Spice'    Green
7 BUSTED ........by CLEAN out of CREDIT
   The Greenham Group    Pink
8 HARPIC ........by CLEAN out of ROUND THE BEND
   The Sportsman Club    Royal Blue
9 CRIPPLED ........by DANCING PARTNER out of STEP
   Swiss Tavern, Soho    White
10 STUMPED ........by BATSMAN out of CREASE
   George, Lambourn & Saracens, Highworth    Lemon
11 PHEW ........by FEET out of SHOE
   Queen's Arms, East Garston & Castle, Ealing    Purple
12 OVERDRAFT ........by MONEY out of BANK
   Les Ambassadeurs
13 FULL HOUSE ........by NUMBER out of BINGO
   Le Cercle
14 'BENJIE' ........by FRESH out of OVEN
   Mr. Michael Caplan
15 SURE SHOT ........by ARROW out of BOW
   Zetters-Copes Pools Ltd
16 GOOD WINE ........by CORK out of BOTTLE
   Woburn Wine Lodge
17 GOLD DISC ........by HITEX out of GROOVE
   Sun Artists Ltd

---

### Fourth Race
**TOTE TREBLE**

**Two Miles and a Half and 90 Yards, for Four Yrs Old and Upwards**

**3.10 The "A Day At The Races" Hurdle Race**
(Closed as The Sports Aid Foundation Hurdle Race)
£3000 plate
Distributed in accordance with Rule 194(iii) (b)
for four yrs old and upwards
TWO MILES AND A HALF AND 90 YARDS
£6 to enter, £24 extra if declared to run
Weights: 4-y-o ..... 10st 8lb; 5-y-o and upwards ..... 11st 2lb
Penalties, a winner of a hurdle race value £1500 ..... 5lb
Or of one value £5000 ..... 14lb
Allowances: Horses which have not won a hurdle race value £500 ..... 5lb
E.M.I. RECORDS LTD. have generously given the prize money for this race
A
54 entries, 39 at £6 and 15 at £30.—Closed September 29th, 1976.
PENALTY VALUES. WINNER £2070; SECOND £570; THIRD £270

| Form | | Trainer | Age st lb |
|---|---|---|---|
| 312141- | **1 COMEDY OF ERRORS** ............ | (T. F. Rimell, Severn Stoke) | 9 12 2 |
| | B g Goldhill—Comedy Actress | | J. Burke |
| | Mr E. I. Wheatley   Mr Harold Plotnek | | |
| | ORANGE, GREEN and WHITE hooped sleeves, WHITE cap | | |
| 111210-C | **2 LANZAROTE** ............ | (F. T. Winter, Lambourn) | 8 12 2 |
| | Br g Milesian—Stag | | J. Francome |
| | Lord Howard de Walden | | |
| | APRICOT | | |
| 13121-1 | **3 SEA PIGEON (USA)** ............ | (G. W. Richards, Penrith) | 6 11 7 |
| | B or br g Sea Bird II—Around the Roses | | J. J. O'Neill |
| | Mr P. L. Muldoon | | |
| | MCINTYRE TARTAN, RED sleeves and cap | | |
| 1242/ | **7 MISS MELITA** ............ | (H. O'Neill, Horsham) | 5 11 2 |
| | B m Paveh—Look Out | | J. McNaught |
| | Mr H. O'Neill | | |
| | BLACK, LIGHT BLUE armlets, GOLD cap, BLACK hoop | | |
| F2/1302- | **8 ROSS DU VIN** ............ | (J. Gifford, Findon) | 5 11 2 |
| | Ch g French Vine—Ross Point | | R. Champion |
| | Mr W. D. Citron   Mr I. Kerman | | |
| | PURPLE, GREEN sash, PINK and PURPLE qtd cap | | |
| 000000- | **11 FLYING PRINCE** ............ | (J. O'Donoghue, Reigate) | 7 10 11 |
| | B g Skymaster—Mene Mene Tekel | | |
| | Mr D. E. Lennan | | |
| | ROYAL BLUE and PRIMROSE halved, sleeves reversed, hooped cap | | |
| 0- | **12 LANTERN LIGHT (NZ)** ............ | (S. Mellor, Lambourn) | 8 10 11 |
| | B g Globe of Light—Lake Taupiri | | K. Stone |
| | Mr W. H. Whitbread | | |
| | CHOCOLATE, YELLOW collar, cuffs and cap | | |
| | **13 OAKLEY (NZ)** ............ | (S. Mellor, Lambourn) | 6 10 11 |
| | Br g Oakville—Lyndor | | J. Glover |
| | Mr A. Wood | | |
| | DARK BLUE, GOLD hoop, LIGHT BLUE sleeves, GOLD and WHITE qtd cap | | |

(Continued next page)

---

"A DAY AT THE RACES" HURDLE RACE—continued.

| Form | | Trainer | Age st lb |
|---|---|---|---|
| 0/U0P0-P | **14 VALSE** ............ | (A. Davison, Caterham) | 6 10 11 |
| | B g Val de Loir—Bacanthe | | |
| | Mr H. J. Evans | | |
| | LIGHT BLUE, ORANGE seams and cap | | |

**NUMBER OF DECLARED RUNNERS 9           (DUAL FORECAST)**

1st.................... 2nd.................... 3rd....................

Time:.................... Distances:....................

1975: No corresponding race.

Remember to retain all betting tickets until 'Weighed In' is announced

**BETTING AND GAMING ACT, 1972**
A deduction of 4% from all returns, i.e. winnings plus stakes, will be made by all bookmakers on racecourses.
Place betting on the racecourse is one-fifth the win odds for 1st, 2nd, 3rd in races of 8 or more runners, unless otherwise stated on the bookmaker's board.

**ABBREVIATIONS**
BF—Beaten Favourite    C—Course Winner    D—Distance Winner

**RIDERS**
The names of probable riders have been supplied by the Press Association for the convenience of the Public, but are subject to alteration.

The Horserace Betting Levy Board Prize Money Scheme provides for the inclusion of £83,950 added money at this racecourse for 1976

**APPROXIMATE ODDS**
The approximate odds boards are intended only as a guide to the fluctuating betting market. These odds cannot necessarily reflect the return starting prices.

All horses must be saddled in the paddock and taken into the parade ring before leaving for the starting post. Only owners, trainers and jockeys are allowed in the parade ring paddock.
COMPLAINTS—If they have cause for complaint, the public are requested to communicate with the police on duty.
The right to refuse admission to anyone is reserved by the Management without assigning a reason for so doing.
MEDICAL—The St. John Ambulance Brigade is in attendance in all Enclosures. A First Aid Post is situated in the 60p Enclosure and there is a hospital in the Paddock.

---

### BINOCULAR HIRE
See more with binoculars available from the Sight and Sound Racing Service caravan situated beside the paddock bar.

**£1              —              NO DEPOSIT**

上：1976年、EMIが用意した『華麗なるレース』の宣伝用フライヤー。
次ページ：1976年の『華麗なるレース』LPに封入されていたピンナップの写真にメンバーがサインを入れたもの。
これは印刷され、ロンドンを拠点とするオフィシャル・ファンクラブが設立されたばかりの頃、会員に配られた。

# News of the World

## ALBUM『世界に捧ぐ』

1977年の夏、音楽的にも社会的にも新たな一大現象がイギリスを襲った。パンクブームである。パンクロックは、〈クイーン〉とはあらゆる意味で正反対に位置していた。この一大ブームによって、有名バンドの多くが"時代遅れ"となり、姿を消していった。そうした風潮のなか、〈クイーン〉もまた、エリート意識と大それた野心を挙げつらねられ、マスコミの批判の対象になる。しかし、フレディはそんなことにはまったくおかまいなしだった。『華麗なるレース』のツアー中、マディソン・スクエア・ガーデンのコンサートを終えたあと、フレディはわたしのところにやってきて、お尻をぽんと叩き、こう宣言した――「ごめんよ、ダーリン。もうインタビューはやらないことに決めた」。それ以来ほぼ忠実に彼はこの言葉を守った……すこぶる機嫌がいいときは別だったが。

ブライアン・メイは、パンクロックの情熱に感化されたものの、この音楽に何の意味があるのか、どう進化していくのかという本質的な部分はのみこめなかったという。「パンクを真剣に捉えるのは難しかった」と彼は認める。「すべてが計算ずくで、作りものみたいに思えたんだ！」

理屈はともかく、〈クイーン〉はパンクロックの台頭によって自分たちに向けられた辛辣な皮肉など、ものともしなかった。6月6日と7日にロンドンのアールズ・コートで行われた見事なライヴ・コンサートがそれを証明している。彼らは5万ポンドをかけて、ステージを上下に動く新たな照明リグを導入し、自分たちのステージ・セットをよりダイナミックなものにした。さらに、圧倒的な存在感をアピールするため、次のアルバムの制作を決める。これにはロック史に残るハードロック・アンセムが収められることとなった。つまり、相手がパンクだろうが、ソウルだろうが、その挑戦を真っ向から受けて立つと決めたのである。

しかし、この新作アルバムの制作は厳しい時間的制約を受けることになる。というのも11月に北米ツアーが予定されていたからだ。「ぼくらはプレッシャーがあるほうが、実力が発揮できるんだ」当時のフレディはそう語っている。確かにそのとおりだった。

奇妙な偶然から、当時〈クイーン〉と〈セックス・ピストルズ〉はロンドンの同じスタジオでアルバムをレコーディング中で、フレディとシド・ヴィシャスというロックとパンク――二大シーンを代表するふたりが初めて顔を合わせることになった。シドが"大衆にバレエを紹介した"男フレディに挨拶をすると、フレディはシドを「凶暴氏（ミスター・フェロシアス）」と呼んでこれに応じた。

フレディ・マーキュリーはのちに『世界に捧ぐ』というタイトルが付くこのアルバムに、「伝説のチャンピオン（We Are The Champions）」「ゲット・ダウン・メイク・ラヴ（Get Down, Make Love）」「マイ・メランコリー・ブルース（My Melancholy Blues）」の3曲を書いた。ブライアン・メイは「ウィ・ウィル・ロック・ユー（We Will Rock You）」「オール・デッド（All Dead, All Dead）」「うつろな人生（Sleeping On The Sidewalk）」「イッツ・レイト（It's Late）」を、ロジャー・テイラーとジョン・ディーコンはそれぞれ2曲ずつ作った。ロジャーのほうは、激しいロック調の「シアー・ハート・アタック（Sheer Heart Attack）」と「秘めたる炎（Fight From The

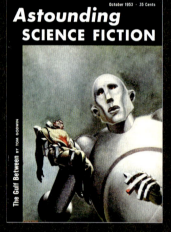

いちばん左：1953年の〈Astounding〉誌の表紙。フランク・ケリー・フリースのこの絵は、のちに〈クイーン〉のアルバム・ジャケットの原案となった。
左＆下：1977年、アメリカのエレクトラ・レコードが制作した、24ピースの宣伝用ジグソーパズル。
次ページ：『世界に捧ぐ』のアルバムはダブル・ジャケット（観音開き）で制作された。ジャケットの表面（表1・4）に左側、中面（表2・3）に右側のフランク・ケリー・フリースのイラストが使用された。

Inside）」、ジョンが書いたのは彼独自のポップロックに磨きをかけた「永遠の翼（Spread Your Wings）」と「恋のゆくえ（Who Needs You）」である。

「ウィ・ウィル・ロック・ユー」と「伝説のチャンピオン」は両A面シングルとして先行発売された。後者はフレディがサッカーを観戦する群衆を念頭に置いて書いたものだ。この2曲はロック史上たいへん有名なアンセムとなり、それ以来、世界中のスタジアムで流されつづけている。「ぼくらが"ロック・アンセム"バンドと言われるようになったのは、このときからだと思う」ブライアンは何年ものち、そう語った。「"アンセム"って名前のアルバムを作るべきだったな」

『世界に捧ぐ』は、ブライアンが望んでいたとおり、前2作のような複雑さのない、原点にかえる作品となった。これは、イギリスでアルバム・チャートの4位、アメリカで3位を獲得し、ライバルであるパンクロックとニュー・ウェイヴを下した。

アルバム・ジャケットには、アメリカのSFアーティストであるフランク・ケリー・フリースの絵が使われている。SF雑誌〈Astounding〉の1953年10月号に掲載されたこのイラストを使おうと言いだしたのは、ロジャーだった。フリースはジャケット用に絵を修正することに同意し、オリジナル版に描かれていたひとりの死人の代わりに、バンドメンバーを描いた。『世界に捧ぐ』の北米ツアー中、メンバーたちはクライスラー美術館で開催されていたフリースの展覧会に招待された。そこには『世界に捧ぐ』のアートワークも展示され

『世界に捧ぐ』のプレスキット用宣伝写真。

ており、その作品を大々的に取りあげたフリースの限定本がメンバーたちに贈呈された。

　その後、〈クイーン〉はＢＢＣから、ラジオ番組のセッションを録音しないかという招待を受けた。録音曲のひとつは、「ウィ・ウィル・ロック・ユー」。ブライアンは演奏を通して曲の歴史を明かすことにした。アルバム・ヴァージョンで演奏をはじめ、徹底的なロックに変化させていくことで、〈クイーン〉の曲が、コンセプトからレコーディングまでどのように発展するかを例として示したのである。

　ビジネス面に関しては万事順調だったが、メンバーとジョン・リードの関係は次第に困った状態になっていった。リードは当時、世界的に有名なアーティストをふたつ抱え、両方の面倒に追われていた。そう、わがままな歌姫（ディーヴァ）ふたり——〈クイーン〉のフレディ・マーキュリーと、エルトン・ジョンだ。弁護士のジム・ビーチが再び問題解決に乗りだし、友好的にジョン・リードとのマネージメント契約を解消する。その時点から、〈クイーン〉は自分たちでマネージメントをすることとなった。ピート・ブラウンはその後もしばらくはパーソナル・マネージャーとして留まった。ジム・ビーチは法律事務所の仕事をたたんで、音楽ビジネスの契約業務に専念し、現在に至っている。

　1977年11月、『世界に捧ぐ』はアメリカでプラチナ・ディスク（訳註：各国で基準は違う。英国での基準は、以下のとおり。アルバムが、シルバー：6万枚／ゴールド：10万枚／プラチナ：30万枚。シングルが、シルバー：20万枚／ゴールド：40万枚／プラチナ：60万枚［1989年1月1日より以前の基準は、シルバーが25万枚、ゴールドが50万枚、プラチナが100万枚。]）を獲得すべく順調に売り上げを伸ばしていた。北米ツアーに出た〈クイーン〉の勢いはとどまるところを知らず、大ヒットを記録した「ウィ・ウィル・ロック・ユー」で幕を開ける彼らのステージは観客の度肝を抜いた。初めて「ラヴ・オブ・マイ・ライフ」が披露されると、アリーナ会場全体が、この美しいバラードをしっとりと歌うフレディの声に聴き惚れ、恭しい静寂に包まれた。このツアーで彼らはベテラン俳優顔負けの成熟したパフォーマンスを見せた。吹雪も怪我（酔っぱらったジョン・ディーコンがプレートガラスの窓を突き破って落下し、腕を19針も塗った）もなんのその、彼らはひたすらスケジュールを消化し、ツアーは12月22日、ロサンゼルスのイングルウッド、ＬＡフォーラムでの公演で幕を閉じた。この日は〈クイーン〉史上、最初で最後の「ホワイト・クリスマス」が演奏された特別な日として記憶されている。

　パンクロックの年と言われた1977年、〈クイーン〉はそれまで同様に素晴らしい高み——世界中で1位を記録——に燦然と輝き、1年を締めくくったのである。

イギリスで作られた、『世界に捧ぐ』の宣伝用ファイバーグラス製ロボット。高さ1.2メートルのとり山ロボットたちは、体の前に抱えたバスケットに『世界に捧ぐ』のＬＰを入れて、レコードショップなどに立っていた。

ALBUM『世界に捧ぐ』

1977年後半、北米ツアー中のライヴ風景。

66〜69ページ：1977年、アメリカのエレクトラ・レコードが用意した4ページにわたるマスコミ用資料。『世界に捧ぐ』の宣伝用プレスキットに含まれていた。

# News Of The World

*Elektra Records Special Press Edition*

## QUEEN

### LIFE STORY REVEALED

Freddie Mercury met up with Brian May and Roger Taylor in 1970 in London. Freddie had been in a band called Wreckage, and Brian and Roger's group, Smile, had just disbanded. Together they charted a musical course and formed Queen.

Working diligently at crafting their sound, Queen added bassist John Deacon in 1971. Though they were then complete, there was no record, there were no shows. Instead, Queen planned their next moves. With the painstaking professionalism that would come to be their hallmark, they crafted the Queen sound in private rehearsals and developed a formal, professional stage show. Only when they had perfected their material and their presentation did they approach record companies. By then they could virtually choose the label they wanted.

In 1973 Elektra Records released QUEEN and the group's highly polished, yet raw in power sound was an immediate worldwide hit. "Keep Yourself Alive" and "Liar" were single hits, particularly in England, and the Queen movement was launched. They toured England to enthusiastic reviews and well-received shows. In early 1974 they made QUEEN II and the momentum continued.

1974 was the year of their first American tour, and a reversal that worked to their benefit. Appearing as opening act for Mott The Hoople, they had made great strides in American concert acceptance when Brian was struck ill mid-tour. They cancelled the remainder of their dates and returned to England. What emerged from their enforced hiatus was a fresh group effort. SHEER HEART ATTACK, and the single hit "Killer Queen."

In mid-1975 Queen went to work on what was to become one of their "signature" records. Late in the year A NIGHT AT THE OPERA was released and the single "Bohemian Rhapsody" became their biggest worldwide hit thus far. That song had sharp operatic interludes and abrupt rhythmic changes. It defied convention with its six-minute length, but public demand compelled radio stations to play it in its entirety. Queen also made their first concert tour of Japan in 1975 and they were virtually besieged wherever they went. Japan continues to be one of Queen's best markets.

A NIGHT AT THE OPERA was Queen's first platinum album (sales in excess of one million units). All their others had gone gold (sales in excess of one million dollars). That album's "companion piece", A DAY AT THE RACES, came late in 1976. It contained the hit singles "Somebody To Love" and "Tie Your Mother Down." Then Queen did another North American tour early in 1977.

NEWS OF THE WORLD, Queen's sixth album, was released in November, 1977, as they embarked on a six-week American tour. Its boldness is stated clearly on the first single release, "We Are The Champions", and the hypnotic "We Will Rock You."

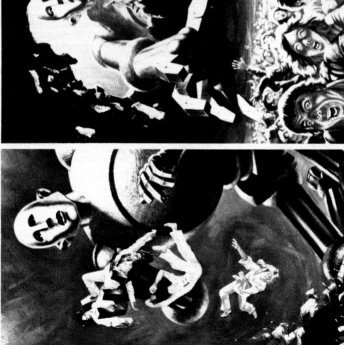

*Elektra Records Special Press Edition*

## QUEEN DISCOGRAPHY

**ALBUMS:**

| | | |
|---|---|---|
| Queen | (EKS-75064) | Sept. 1973 |
| Queen II | (EKS-75082) | Apr. 1974 |
| Sheer Heart Attack | (7E-1026) | Nov. 1974 |
| A Night At The Opera | (7E-1053) | Dec. 1975 |
| A Day At The Races | (6E-101) | Dec. 1976 |
| News Of The World | (6E-112) | Nov. 1977 |

**SINGLES:**

| | | |
|---|---|---|
| "Keep Yourself Alive" | (EK-45863) | Oct. 1973 |
| "Liar" | (EK-45884) | Feb. 1974 |
| "Seven Seas of Rhye" | (EK-45891) | June 1974 |
| "Killer Queen" | (E-45226) | Nov. 1974 |
| "Keep Yourself Alive" | (E-45268) | July 1975 (re-release) |
| "Bohemian Rhapsody" | (E-45297) | Dec. 1975 |
| "You're My Best Friend" | (E-45318) | May 1976 |
| "Somebody To Love" | (E-45362) | Nov. 1976 |
| "Tie Your Mother Down" | (E-45385) | March 1977 |
| "We Are The Champions/We Will Rock You" | (E-45441) | Oct. 1977 |

Copyright © 2011 Queen Productions Limited

# News Of The World

## QUEEN

エレクトラ・レコード、マスコミ用特別資料

### クイーン史のすべて

フレディ・マーキュリーがロンドンでブライアン・メイとロジャー・テイラーに出会ったのは1970年のことである。当時、フレディはという決意ではかりだったので、彼ら3人はともに音楽活動をしようと決意した。

独自のサウンドを作り上げる努力を続けていた最中の1971年に、〈クイーン〉は4人目のジョン・ディーコンを迎えた。そうしてバンドのメンバーは揃ったのだ。〈クイーン〉は1枚も出しておらず、ライヴ・ステージも踏んでいなかった。レコード会社はどこでもヒットを出せるかどうか未知数のグループに手を出そうとはしなかった。そこで〈クイーン〉は独自の方法を考え、田舎にこもって徹底的につきつめることとなるプロ意識でもって、本格的なリハーサルを繰り返しながら独自のサウンドに磨きをかけ、自作曲を完成させ、パフォーマンス、ステージを練り上げたのだ。彼らはそれに飽きたらずライヴを完璧にしてからレコード会社に売り込みをかけた、と言っていいほど徹底ぶりを見せた。

1973年、エレクトラ・レコードは「戦慄の王女」《クイーン》をリリースした。《クイーン》のサウンドは、その後まもなく世界的に絶賛されることとなる。《欲望のロックン・ロール》と《ライアー》はとりわけイギリスでヒットを記録し、〈クイーン〉は現象的なデビューと熱狂的なファンに迎えられることとなった。1974年初めにはすでに《クイーン II》が制作され、伝説のチャートにランク・インし、その華麗ばかりの洗練されている《七つの海のクイーン》のサウンドと《キラー・クイーン》のハイパー・ロマンスを秘めた《シアー・ハート・アタック》は再びヒットを記録した。

1974年、彼らは初の北米ツアーに出た。この通常とは逆の順番だった彼らの特殊な動きはこう言えるだろう。《ミート・ザ・ピープル》のサポート・バンドを務めながら彼らはアメリカ各地のコンサート会場で温かく迎えられたものの、ブライアンがツアー中に病に倒れたため、残りのライヴをキャンセルし、イギリスに戻らざるをえなかった。この強制的な中断により、さらに結束力を高めたくクイーン〉は、『ボヘミアン・ラプソディー』という一大ヒットを生みだした。

1975年後半、《クイーン》は、この年の後半に彼らの"代表アルバム"《オペラ座の夜》がリリースされた。シングル・カットされた《ボヘミアン・ラプソディー》は史上最大の世界的なヒットを記録した。切れ味のよいオペラ風の幕開けから突然のリズム・チェンジを持つこの曲の長さは6分近くもあり、これまでのシングル曲の慣習をすべて無視したものだったが、ファンはラジオ局にかかわらず何度もこの曲を流せと要求した。また、1975年に初めての日本ツアーを行ったくクイーン〉は、行く先々で押し寄せるファンに取り囲まれた。日本はその後も、彼らにとって特別人気のある場所であり続けている。

《オペラ座の夜》は、《クイーン》の最初のプラチナ・ディスクとなった。ほかのアルバムも、すべて《ゴールド・ディスク》を獲得している。1976年後半にリリースされた《オペラ座の夜》の"姉妹作"とされる『華麗なるレース』には《愛にすべてを》や《ドント・ストップ・ミー・ナウ》といったヒット・シングルが収録されている。1977年の半ば、《クイーン》は再び北米ツアーに行った。

《クイーン》の6枚目のアルバム《世界に捧ぐ》が1977年11月に発売されると同時に、3度目となる8週間の北米ツアーが始まった。最初の両Aシングル《ウィ・ウィル・ロック・ユー》、思わずヒを噛みしまうほどパワフルな《ヴィ・ウィル・ロック・ユー》、思わずヒを噛みしまうほどパワフルな《ヴィ・ウィル・ロック・ユー》を聴けば、このアルバムがいかに大きな広がりを持つかは明白である。

---

エレクトラ・レコード、マスコミ用特別資料

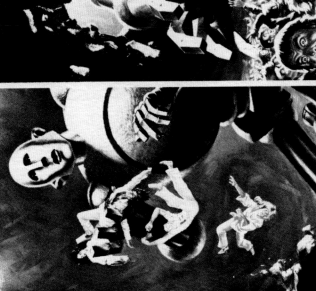

### クイーン・ディスコグラフィー

**アルバム:**
- 戦慄の王女 Queen (1973年9月)
- クイーン II Queen II (1974年4月)
- シアー・ハート・アタック Sheer Heart Attack (1974年11月)
- オペラ座の夜 A Night at the Opera (1975年12月)
- 華麗なるレース A Day at the Races (1976年12月)
- 世界に捧ぐ News of the World (1977年11月)

**シングル:**
- 炎のロックン・ロール Keep Yourself Alive (1973年10月)
- ライアー Liar (1974年2月)
- 輝ける7つの海 Seven Seas of Rhye (1974年6月)
- キラー・クイーン Killer Queen (1974年11月)
- 炎のロックン・ロール Keep Yourself Alive (1975年7月・再発売)
- ボヘミアン・ラプソディ Bohemian Rhapsody (1975年12月)
- マイ・ベスト・フレンド You're My Best Friend (1976年5月)
- 愛にすべてを Somebody To Love (1976年11月)
- タイ・ユア・マザー・ダウン Tie Your Mother Down (1977年3月)
- 伝説のチャンピオン／ウィ・ウィル・ロック・ユー We Are the Champions / We Will Rock You (1977年10月)

# Global Rock Champions Release Monster Album

### Queen Reveals "News Of The World."

*Record Label Provides Public With Photos and Biographical Material. Group Embarking On Nationwide Tour.*

Elektra/Los Angeles: Legendary intercontinental ballistic rock group, QUEEN, has released the long-awaited LP, NEWS OF THE WORLD. The music has been described as "innovative in the Queen tradition, daring, blistering, sometimes shocking and dangerous, and completely up-to-date." Queen's record label, Elektra, has responded to cries from the public by making classified photographic and biographical material available in this very publication. The following is being brought to you as you read it.

**FREDDIE MERCURY** Freddie obtained a degree in illustration and graphic design at Ealing Art College, London. It is his interest in art and his qualifications that led him to design the group's crested crown emblem. His intense interest in ballet is reflected in the stage choreography and on the last American tour one of his leotards was modeled on an original design of the Russian master, Nijinsky.

A fluent writer, Freddie has penned such world-wide hits as "Killer Queen," "Bohemian Rhapsody," and "Somebody To Love." As lead vocalist, he is a natural visual focus in Queen's stage act. He laughingly describes his favorite drink as "champagne in a glass slipper" and lists his dreams as "to remain the divine, lush creature that I am." b. Sept. 5, 1946

**JOHN DEACON** John has a first class honours degree in electronics which he obtained at Chelsea College, London. Raised in Leicester, he began playing guitar at 12 and later switched to bass. Described as the "business brain" of the band, John has a penchant for electronic gadgetry and photography.

His second composition, "You're My Best Friend" was a major hit around the world.

On "News of the World" John has penned "Spread Your Wings" and "Who Needs You." b. Aug. 19, 1951

## THE QUEEN NATIONAL TOUR

**November**
11  Portland, Me. • Civic Center
12  Boston, Mass. • Boston Garden
13  Springfield, Mass. • Civic Center
15  Providence, R.I. • Civic Center
16  New Haven, Conn. • Coliseum
18/19  Detroit, Mich. • Cobo Arena
21  Toronto, Canada • Maple Leaf Garden
23 24  Philadelphia, Pa. • Spectrum
25  Norfolk, Va. • Scope Arena
27  Cleveland, Ohio • Richfield Coliseum
29  Washington, D.C. • Capitol Center

**December**
1/2  New York, N.Y. • Madison Square Garden
4  Dayton, Ohio • University Arena
5  Chicago, Ill. • Stadium
8  Atlanta, Ga. • The Omni
10  Fort Worth, Tx. • Convention Center
11  Houston, Tx. • The Summit
15  Las Vegas, Nev. • The Aladdin
16  San Diego, Ca. • Sports Arena
17  Oakland, Ca. • Coliseum
20/21  Long Beach, Ca. • Arena
22  Los Angeles, Ca. • Forum

**ROGER TAYLOR** Roger began drumming at age 12 in his hometown of Norfolk. He earned a bachelors degree in biology before teaming with Brian in Smile. His primary hobby is auto racing, an obsession reflected in "I'm In Love With My Car", which he wrote and sang on "A Night At The Opera."

Roger has always contributed fully to Queen as percussionist, vocalist, and songwriter. His harmonies are prominent on "Bohemian Rhapsody" and "Somebody To Love." On "News of the World" he wrote and sang "Sheer Heart Attack" and "Fight From The Inside."

In August, 1977, EMI (England) released the first Roger Taylor single, "I Wanna Testify" b/w "Turn On The TV." b. July 26, 1949

**BRIAN MAY** It is Brian May's wish that Queen's instrumental sounds be wrung from guitars, not synthesizers, so he has taken it upon himself to create the necessary shapes and passages. He is a chief engineer of the distinct Queen sound.

Born "in the country" in Hampton, Brian studied physics and earned a bachelors degree and taught astronomy before forming Smile with Roger in 1968. With the formation of Queen, Brian expanded his guitar mastery to include a wide variety of stringed instruments and became a celebrated figure for his skill and inventiveness. Despite his arsenal of guitar equipment, Brian relies primarily on a homemade guitar he and his father constructed of wood from an old fireplace. b. July 19, 1947

# 世界のロック・チャンピオン、モンスター・アルバムを発売

## 『世界に捧ぐ!!』の全貌が明らかに

レコード会社社は、ロサンゼルスに、写真とバイオグラフィーを配布。〈クイーン〉はアメリカ国内を回るツアーをスタートさせた。

エレクトラ・ロサンゼルス：大接戦の末ついに伝説的な運命のロックバンド、〈クイーン〉は、長らくと待ち望まれていた新アルバム、〈クイーンズ・イン〉の歴史のなかでも一段と革新的である、このアルバムは〈クイーン〉の歴史のなかでも一段と革新的であり、高らかに鳴り響く興味深いサウンド、ときには衝撃的な危険さをもつ違う曲を、時代の先端を切り味気されている。所属レコード会社エレクトラは、極秘写真およびバイオグラフィーを、という要請に応え、以下の資料を用意した。

**フレディ・マーキュリー** フレディはロンドンのロイヤル・イラストレーションの学位までの名門を取得している。バレエのバリエーションはスター級で、ロンドンでの伝説的なエレガンス、スキャンダル役をされたものだ。彼は多作なソングライターで、『ボヘミアン・ラブソディ』をはじめ、『愛にすべてを』という世界的ヒット曲を生み出している。また、リード・ボーカルとして、ライブ・ステージでは常に注目を集めている。お気に入りの週末は、"サラダ"のスリッパにスパンコールのガウン"と冗談めかして言うが、ステージ衣装でしかない。
1946年9月5日生まれ

## THE QUEEN NATIONAL TOUR 〈クイーン〉国内ツアー日程

《11月》
11日　メイン州ポートランド：シヴィック・センター
12日　マサチューセッツ州ボストン：ボストン・ガーデン
13日　マサチューセッツ州スプリングフィールド
15日　ロードアイランド州プロヴィデンス：シヴィック・センター
16日　コネチカット州ニュー・ヘイブン：コロシアム
18・19日　ミシガン州デトロイト：コボ・アリーナ
21日　カナダ、トロント：メープルリーフ・ガーデンズ
23・24日　スペクトラム
25日　バージニア州ノーフォーク：スコープ・コロシアム
27日　オハイオ州クリーブランド：リッチフィールド・コロシアム
29日　ワシントンD.C.：キャピタル・センター

《12月》
1・2日　ニューヨーク州ニューヨーク：マディソン・スクエア・ガーデン
4日　オハイオ州デイトン：ユニバーシティ・アリーナ
5日　イリノイ州シカゴ：スタジアム
8日　ジョージア州アトランタ：オムニ・コロシアム
10日　テキサス州フォートワース
11日　テキサス州ヒューストン：ザ・サミット
15日　ネバダ州ラスベガス：ジ・アラジン
16日　カリフォルニア州サンディエゴ
17日　アリゾナ州フェニックス：コロシアム
20・21日　カリフォルニア州ロングビーチ：アリーナ
22日　カリフォルニア州ロサンゼルス：LAフォーラム

**ブライアン・メイ** 〈クイーン〉のインストゥルメンタル、サウンド、シンセサイザーのエキスパートはなくとも、ギターで作り出すことを望んでいたセンセーショナルで必要なクオリティーサウンドを自分の手で編み出すというオ数な仕事に取り組んだ。極めてユニークなアプローチでハンドのデビューを飾った。1968年にロンドンのインペリアル・カレッジ天文学の教程を終えたのち、数多く質問されるインタビューに、天文学の修士の称号を持ち、ギターはもちろんのこと、そのスキルと経験のひとつとして認識しているが、絶えず若手の実力派が誇りのブライアンがいちばん人知れず作ったのがギターだが、ブライアンの父親といっしょに古い暖炉のまきから作った愛器のギターだ。
1947年7月19日生まれ

**ロジャー・テイラー** ロジャーは、彼の故郷ノーフォークにて12歳の頃からドラムをはじめ、生物学を専攻して理学士号を取得したが、プライベートでロックンロールをきっぱりと捨てたわけではない。スマイルという名のバンドをはじめ、主な趣味はギターで、その練習に励む。ドラムの演奏だけでなく、作詞・作曲・自ら歌っているロジャーは『テイク・マイ・ブレス・アウェイ』をはじめ多数を作曲している。ジャーは『ドラム、ボーカル、作詞・作曲を全てこなしている。世界に捧ぐのボーカル・ハーモニーは『愛にすべてを』『噴笑のもとに』など、作詞・作曲した作品にある。1977年8月、イギリスのEMIからロジャーの初のシングル『I Wanna Testify』のカップリングは『Turn On The TV』。
1949年7月26日生まれ

**ジョン・ディーコン** ジョンはロンドンのチェルシー・カレッジで電子工学を学び、首席で卒業した。レスターでの彼は12歳の時にはじめ、バレエエクレーとなっている楽器としていた。彼はロンドンのビジネススクール（ビジネス語に堪能）で学んだ日も出ていたが、フレディとは、世界的なヒットとなった『ドント・ストップ・ミー・ナウ』と『恋のゆくえ』を作詞・作曲している。
1951年8月19日生まれ

# Freddie Mercury
## フレディ・マーキュリー

赤ん坊のファルーク・バルサラがイギリスの植民地タンザニア、ザンジバル島で初めて言葉を発したとき、彼の両親は、自分たちが世界中で有名になる声を聞いているとは思いもしなかった。

ファルークは1946年9月5日、ペルシャ系インド人の両親、ジャーとボミ・バルサラのもとに生まれた。父のボミはイギリス政府の役人だった。ファルークが8歳のとき、両親は彼をインドのボンベイ（訳注：現在のムンバイ）から80キロ離れた英国式寄宿学校セント・ピーターズ校に送りだした。ファルークはこの学校が独立心を育ててくれたことを感謝しているという。「とてもためになったと思う。あそこでは、自分のことはすべて自分でやらなくてはならなかったから」

ファルークが〝フレディ〟という名を使いはじめたのは、在学中のことだった。スポーツ（とくにボクシング）も好きだったが、芸術の才能はずば抜けていた。ロックンロールを見いだしたのも、この寄宿学校時代である。せっせとシングル・レコードを集め、エルヴィス・プレスリーに夢中になった。音楽好きのファルークは美しい声を生かして聖歌隊に入り、ピアノのレッスンを受け、ほどなく最初のバンド、〈ザ・ヘクティクス〉を結成する。

ザンジバルが英国から独立し、革命が起こって多くのインド人と英国人が故郷を逃げだすと、フレディの人生は一変した。バルサラ家は英国に移住し、ロンドン西部の郊外の街フェルサムに落ち着いた。

フレディはアイルワース・ポリテクニック（現ウエスト・テムズ・カレッジ）で学んだあと、1966年にイーリング・アート・カレッジに入学し、グラフィック・デザインを学びはじめる。当時はフラワー・パワー（訳註：1967年、サンフランシスコで始まった反体制、非暴力ユートピアを求める運動）の全盛期だった。行きつけの場所は、当時ヒッピーのたまり場だったケンジントン・マーケット。アート・カレッジでティム・スタッフェルと知り合った彼は、ともに最新の音楽を聴いて過ごした。フレディはふたりが心酔するジミ・ヘンドリックスの物まねが得意だった。それを覚えていたティムが、フレディを自分のバンド〈スマイル〉のリハーサルに招く。フレディはギタリストとドラマー――ブライアン・メイとロジャー・テイラーとすぐに仲良くなった。1969年、イーリング・アート・カレッジのグラフィック・アート＆デザイン課程を卒業したフレディは、いつか自分のバンドを作ろうと決意していた。そして、ロジャー・テイラーとともにケンジントン・マーケットで古着を売りはじめたときには、初の〝本格的〟なバンド〈アイベックス〉に加わっていた。友人たちにとってフレディは、思いやりがあり、寛大で、ときどき突拍子もないことをやってのける――常に文無しの男だった。

69年の終わりには、フレディはロジャーとブライアンとともにバーンズにあるフラットをシェアしていた。〈アイベックス〉のメンバーほぼ全員とティム・スタッフェルも一緒だった。フレディは自然と〈アイベックス〉のフロントマンにおさまっていた。彼の生来の内気さは、ステージに立ってスポットライトを浴びたとたんに消え失せるとはいえ、〈アイベックス〉自体はぱっとしなかった。やがてほかのメンバーが故郷リバプールに帰ると、フレディも彼らについていったものの、ロンドンが恋しくてたまらず、結局すぐにバンドを辞めて古巣に舞い戻った。

次に彼が属したバンドは、〈サワー・ミルク・シー〉だった。《メロディ・メイカー》誌で広告を見てオーディションに合格し、メンバーとなったのだが、これも短期間で辞め、まもなくリチャード・トンプソン（ドラム）、〈アイベックス〉にいたマイク・バーソン（ギター）、タップ・テイラー（ベース）とともに、自ら〈レケッジ〉を結成する。1970年代初期、イーリング・アート・カレッジで最初のライヴを行った際には、ティムらのバンド、〈スマイル〉の面々も聴きにきていた。

やがてフレディは〈レケッジ〉より〈スマイル〉のほうがはるかに自分の波長に近いと気づき、自分なら完璧なフロントマンになれるとメンバーを説得した。フレディは〈スマイル〉に変わるバンド名が必要だと提案する。メンバーは〝グレイト・ダンス（C・S・ルイスの著書のなかの記述より）〟、〝リッチ・キッズ〟といった名前を思いついたが、フレディはそのどちらにも首を振り、〝クイーン〟というバンド名を提案した。他のメンバーは当初この名前に懸念を示したものの、フレディの粘り強い説得に負けた。こうして伝説的なバンド名、〝クイーン〟が誕生する。

グラフィック・デザインの才能を発揮して、バンドの有名な王冠のロゴを考案したのもフレディだった。盾のようなこのロゴは、その後彼らのアートワークとイメージのすべてに使われることになる。ロジャーとジョン（獅子座）の2頭の獅子、ブライアン（蟹座）を示す

1985年1月、ロック・イン・リオ・フェスティバルで歌うフレディ。

な男だということを自分でも認めている。「ステージに立っているときは外向型だが、それ以外のときはまったく別人なんだ」

フレディは2枚のソロ・アルバム、『Mr.バッド・ガイ』(1985)と『バルセロナ』(1988)をレコーディングしている。前者は彼の多才さと、ダンスおよびディスコ音楽への傾倒ぶりを物語っていると言えよう。とにかくスケールの大きい派手好みの面を示す後者では、スペインのオペラ歌手モンセラート・カバリェとジャンルを跨ぐ共同制作を果たした。ふたりは1992年のバルセロナ・オリンピックの開会式でこのアルバムのタイトル曲を歌うことになっていたが、フレディの早すぎる死により、残念ながらこれは実現しなかった。

そう、フレディ・マーキュリーは1991年11月24日、実に45歳という若さでこの世を去ったのである。けれども彼は、〈クイーン〉のユニークで忘れがたいフロントマンとしてだけではなく、何世代ものあいだ、きら星のごとく輝きつづけるスーパースターとして、途方もないレガシーを残した。

1980年7月の北米ツアー中、LAフォーラムの楽屋裏で、マイケル・ジャクソンと語らうフレディ。

1986年7月、ウェンブリー・スタジアムにて。

「ぼくはロックスターにはならない。伝説になるんだ!」——フレディ・マーキュリー

1981年10月、メキシコのライヴ風景。

蟹、彼らを支えるふたりの妖精(フレディの星座である乙女座)と、各メンバーの星座を巧妙に織りこんだこのロゴは、作成後数十年経ったいまでもバンドの象徴であり続けている。

フレディは着実に作曲の腕を上げていき、〈クイーン〉の初期ヒット・シングルの多くを書いた。また、乱痴気パーティや派手で奇抜な衣装など、いかにもロックンローラーらしい度を越したライフスタイルをこよなく愛した。とはいえ、バンド活動以外では、はるかに内気

# Jazz

### ALBUM『ジャズ』

わずか6年のあいだに〈クイーン〉は7枚のアルバムをリリースした。7作目『ジャズ』は、1978年10月31日に発売された。ときを同じくしてニューオーリンズで行われた〝発売記念ハロウィン・パーティ〟は、いまだに語り草になっている。このアルバムにも、「バイシクル・レース（Bicycle Race）」「ファット・ボトムド・ガールズ（Fat Bottomed Girls）」「ドント・ストップ・ミー・ナウ（Don't Stop Me Now）」というヒット曲が収録されている。

1978年のアルバム、『ジャズ』。

世界的な成功をおさめた彼らは、税金対策として、ジュネーヴ湖を臨むモントルーのマウンテン・スタジオと、ニースのスーパー・ベア・スタジオでレコーディングをすることにした。マイク・ストーンの都合が合わなかったため、〈クイーン〉は再びロイ・トーマス・ベイカーと組む。ブライアンは当時を思い出してこう語っている。「戻ってきたロイは、ものすごく自信たっぷりで、新しいアイデアをいくつも持ちこんでくれた」

ブライアンは、レコーディングの場所をヨーロッパ大陸に移した理由のひとつは、気を散らすものがないからだと主張した。とはいえ、ひとつだけ例外があった——「バイシクル・レース」は、その〝気を散らす出来事〟のおかげで生まれた曲である。フレディ・マーキュリーはニースでレコーディング中、有名な自転車レース、ツール・ド・フランスに夢中になった。そこで、いかにも彼らしい、彼にしかできない方法——ボードビル、オペラ、ロックンロールを混ぜ合わせた曲を作って、このイベントを祝ったのだった。

ブライアンはそれに応え、両A面シングルの対となる、これまた風変わりな「ファット・ボトムド・ガールズ」（2曲の歌詞には双方のタイトルが登場する）を書いた。パワーコードに支えられたこの曲も、ブライアンの好む様々な音楽スタイルを含む構成になっている。

『ジャズ』は〈クイーン〉らしさが見事に凝縮されたアルバムだったが、ジョン・ディーコンと、とくにロジャー・テイラーはこのアルバムが好きではなかった。とはいえ、ロジャーは、ファンキーな「ファン・イット（Fun It）」と、自分でほとんどの楽器をこなした「モア・オブ・ザット・ジャズ（More Of That Jazz）」という2曲で貢献している。ジョンは「セヴン・デイズ（In Only Seven Days）」、ハードロック調の「うちひしがれて（If You Can't Beat Them）」を書いた。ブライアンは「ファット・ボトムド・ガールズ」「デッド・オン・タイム（Dead On Time）」「ドリーマーズ・ボール（Dreamers Ball）」と、バラード調の「去りがたき家（Leaving Home Ain't Easy）」を。マーキュリーは、ペルシャ風の「ムスターファ（Mustapha）」、典型的なバラードの「ジェラシー（Jealousy）」、ライヴで聴衆が喜ぶ「レット・ミー・エンターテイン・ユー（Let Me Entertain You）」「ドント・ストップ・ミー・ナウ」、そして「バイシクル・レース」と再び多作ぶりを発揮した。

フレディ・マーキュリーが書いた「いま僕を止めないで／こんなにも楽しんでるんだから／もう最高の気分」という「ドント・ストップ・ミー・ナウ」の歌詞は、悪名高き『ジャズ』のリリース・イベントを予感させる言葉となった。ニューオーリンズのフェアモント・ホテルで催されたこの制作発表イベントは20万ドルもの費用をかけた前代未聞の乱痴気パーティとなる。アメリカの〝超一流〟のロック系メディアに加え、広報担当のトニー・ブレインズビーがイギリスからジャーナリストや記者、レポーターなどを飛行機で呼び寄せ、招待客の数は400人以上にのぼった。

パーティのために飛んできたグルーピーは言うまでもなく、泥レスリングに興じる裸の女性や小人、スチールドラム・バンド、エキゾチックなエスニック・ダンサー、ストリッパー、女装パフォーマー、一輪車乗りといった様々な余興が客を大いに楽しませた。このパーティに関してはロックンロール的な神話がたっぷり残っているものの、それが現実に起きたことか、作り話なのか、いまとなってはわからない。

とはいえ、これだけは言える。翌朝、列席者はひとり残らず最悪の二日酔いとともに目を覚ました。〈クイーン〉はその日の記者会見で、参加した記者たちに「大きな声を出さないでくれ」と頼んだ。『ジャズ』からの両A面シングルとなった「バイシクル・レース」のプロモーション・ビデオでも、〈クイーン〉は同じように羽目を外しすぎた。乱痴気パーティのひと月まえの9月、65人の女性モデルが、ロンドン南部のウィンブルドン・スタジアムに集合した。これまで見たことも聞いたこともないような仕事に駆りだされた様々なタイプのモデルたちは、ほぼ全裸で自転車に跨り、スタジアムをぐるりと周った。

撮影——もちろん後ろ姿だけ——が終わったあと、そのなかの1枚の写真が『ジャズ』のアルバムの付録ポスターに使われた（訳註：当時のアルバムには、LPサイズの3面の大きさのものが封入されていた。現在発売されているCDのライナーノーツには、左右を切ってトリミングしたものが掲載されている）。ただし、アメリカでは、少しばかりきわどすぎる（あるいは、いたずらが過ぎる）という判断が下され、ポスターは付かなかった。

「とにかく羽目を外して楽しもうとしただけさ」ロジャー・テイラーは当時のことをこんなふうに表現する。「いま考えると、度が過ぎた

ALBUM 『ジャズ』

かもしれないが、だからってあの撮影のことを誰にも謝る必要はないと思う」

　この頃の〈クイーン〉は王者そのものだった。『ジャズ』はイギリスで２位、アメリカで６位にチャートインし、両国でプラチナ・ディスクを獲得。彼らのツアーは行く先々で完売。日本でもファンの熱狂ぶりはすさまじく、《ミュージック・ライフ》誌はトップ・バンド、トップ・アルバム、トップ・シングルだけでなく、ボーカル、ギター、ベース、ドラムそれぞれの部門のトップ・ミュージシャンとして彼らを称えた。

　一方、ライヴ・アルバムを出してほしいというファンからのプレッシャーは日に日に増していた。そうしたファン心につけこんで海賊盤が出回っていることも、すべてをコントロールしないと気がすまない性質の〈クイーン〉は気になっていた。ようやく1979年６月、ヨーロッパで行われた16回のコンサートの音源を集めた、バンド初のライヴ・アルバムかつ初の２枚組アルバムとなる『ライヴ・キラーズ』がリリースされ、長年にわたるファンの要望に応えた。

　『シアー・ハート・アタック』以降の全アルバムからピックアップされた曲に「炎のロックン・ロール」を加えた『ライヴ・キラーズ』を聴くと、ステージでのパフォーマンスとスタジオ演奏との違いがはっきりとわかる。ロジャー・テイラーに言わせれば、全体が「自分たちがここまでクソうるさいサウンドを作りだせるとは思いもしなかった」ほどの生々しいエネルギーに脈打っている『ライヴ・キラーズ』は、イギリスで３位を獲得、アメリカでも16位にチャートインした。

1978年後半、『ジャズ』をひっさげた北米ツアーの最中。

北米での『ジャズ』ツアー中の一幕。『オペラ座の夜』から「'39」をアコースティック・バージョンで披露するメンバー。

いちばん上：1978年9月に行われた「バイシクル・レース」のプロモーション・ビデオの撮影に参加したモデルたちの一部。65人の裸の女性たちが、ウィンブルドン・スタジアムで自転車レースを行った。
上＆右：1978年10月31日にニューオーリンズで催された悪名高い『ジャズ』発売記念パーティで披露された余興の一部。
次ページ：フランスのスーパー・ベア・スタジオで『ジャズ』をレコーディング中にひと休み。

# The Game

## ALBUM『ザ・ゲーム』

　〈クイーン〉は、来る12か月はそれ以前とは異なるレコーディングの年、エネルギーと創造力を再充電する年にするつもりで1979年の夏を迎えた。これは素晴らしい計画ではあったが、実際には怒涛のレコーディング作業に追われる1年となった。

　まずは、8枚目のスタジオ・アルバムを制作しなければならない。彼らはそのために十分な時間を取ろうと決めていた。「レコーディング、ツアー、プロモーションと次々に追いたてられる、型にはまったサイクルから抜けだしたかったんだ」とブライアンは言う。

　新しい経験も求めていた彼らは、ディスコ音楽の帝王ジョルジオ・モロダーが創設したミュンヘンのミュージックランド・スタジオを使うことにした。〈T・レックス〉〈レッド・ツェッペリン〉〈エレクトリック・ライト・オーケストラ（ELO）〉〈ザ・ローリング・ストーンズ〉〈スパークス〉〈ディープ・パープル〉らが、たいていはスタジオ所属のプロデューサー、ラインホルト・マックとともにレコーディングをしたスタジオである。ブライアン・メイによれば、このときの作業は、「レコーディング方法について意見の食い違いがあった」が、「結果的には申しぶんのない仕上がりになった」という。

　最初にレコーディングされた「愛という名の欲望（Crazy Little Thing Called Love）」は〈クイーン〉のレパートリーのなかでは一風変わった、余分なものをはぎ取ったシンプルなロックンロール＆ロカビリーな楽曲だった。ある晩入浴中にこれを書きあげたフレディは、ミュージックランド・スタジオに走り、急いで録音した。ブライアンがいなかったため自分でアコースティック・ギターを弾き、ロジャーとジョンが思わず体を揺らしたくなるリズム・セクションを付けた。

　ロジャーはこのスピーディさに大満足だった。というのもメンバーはみな、ブライアンがギター・パートに時間をかけすぎ、完璧さにこだわりすぎていると不満に思っていたのだ。ブライアンの言い分はこうである。「ほかの連中はどこかで違うことをしてて、ときどき顔を出してはこう言うんだ。"なんだよ、さっきからほとんど進んでないじゃないか！"と。悪気がないのはわかってるんだが、そう言われると頭にきたし、みんなはぼくがやろうとしてることに興味がないんじゃないかと心配になった。だけど、最終的にはすべてうまくいったよ」

　「愛という名の欲望」はブライアンの丹念なアプローチの対極にある曲だった。フレディは〈クイーン〉の奇癖に免疫のないマックに、ブライアンはこの曲が気に入らないだろう、と告げている。そのとおり、ブライアンは気に入らなかった——が、時間が経つにつれて好きになっていった。

　そうした最初のセッションで、彼らはさらに3曲レコーディングした。ブライアンの「セイヴ・ミー（Save Me）」と「スウィート・シスター（Sail Away Sweet Sister）」、それにロジャーの「カミング・スーン（Coming Soon）」である。彼らはこうしたセッションの結果に満足し、その年に予定されている次のレコーディングにもマックを予約した。

　〈クイーン〉がイギリスに戻り、ＥＭＩに自分たちの新しいシングルを聴かせると、ＥＭＩは「愛という名の欲望」がいかにも売れそうなキャッチーな曲であることに大喜びした。また、この曲は、ひと味違った初演の場を与えられることになった——フレディは、とある慈善パーティでロイヤル・バレエ団と共演しないかと誘われたのだ。2週間の集中訓練のあと、彼はバレエ団所属のオーケストラが演奏する「ボヘミアン・ラプソディ」と「愛という名の欲望」に合わせて踊りながら歌った。

　その後、「愛という名の欲望」のプロモーション・ビデオ撮影が行われた。そこでは、がらりと外見を変えた別人のようなメンバーが登場する。短髪のフレディとジョン、長髪をばっさりカットしたロジャー、トレードマークの長いカーリーヘアを3、4センチも切ったブライアンが、コンサートで着る革ジャン、革ズボン姿で演奏するなか、アーリーン・フィリップスの振り付けでダンサーたちが踊るビデオだった。

　ＥＭＩは珍しくあっさりとしたバンドの写真が使われているこのシングルのジャケットが、すっかり気に入った。ファンはこの曲に夢中になり、アメリカでは初めての1位を記録し、オーストラリア、ニュージーランド、カナダ、メキシコ、オランダでもナンバーワンを獲得している。

　〈クイーン〉は"クレイジー・ツアー"というお誂え向きの名が付いた、非常に奇妙なツアーに出かける準備に取りかかった。小規模で移動し、アイルランドを皮切りにロンドンの周囲を駆け足でまわるこのツアーでは、当時の彼らにしては小さめのライヴ会場が選ばれた——ライセウム・ボールルーム、ルイシャム・オデオン、レインボー・シアター、アレクサンドラ・パレス、そして12月19日の締めの会場は、こじんまりしたメイフェア・クラブだった。

　1980年2月、アルバム制作を終わらせるため、〈クイーン〉は再びマックのもとに集まった。フレディもブライアンも曲のアイデアを

1980年のアルバム、『ザ・ゲーム』。

ALBUM『ザ・ゲーム』

1980年夏の『ザ・ゲーム』北米ツアーで演奏するジョン。

「プレイ・ザ・ゲーム」のプロモーション・ビデオで演奏するロジャー。

たっぷり持ち寄った今回の作業では、〈クイーン〉の音楽全体に新しい変化が訪れようとしていた。これまで彼らは一曲にあらゆる要素を詰めこもうとしてきたが、今回はゆったりと呼吸できるような、シンプルな曲にしようというのが狙いだった。お気に入りのクラブ、シュガー・シャックで一杯やりながら、彼らはこの新たな理論を実行に移すことを決める。こうして生まれたのが、「地獄へ道づれ（Another One Bites The Dust）」である。これはブライアンの秀逸な各ギター・フレーズがアクセントとなっている以外は、非常にシンプルなアレンジのファンキーなロック曲だ。ジョン・ディーコン作のこのシングルはイギリス国内で大人気を博し、ほどなく、世界各地でもメガヒットとなる。

また、このアルバムで彼らは初めてシンセサイザーを使った。しかも、オーバーハイムのOB-Xを持ちこみ、自作曲「ロック・イット（Rock It［Prime Jive］）」を含めた数曲で使用したのは、よりによってロジャーだった。とはいえ、アルバムのタイトルに使われたのは、フレディの「プレイ・ザ・ゲーム（Play The Game）」である。

ミュンヘンで、マックとのセッション中に起きたメンバー間の軋轢と、そこから生じたクリエイティヴなエネルギーに突き動かされ、〈クイーン〉は再びバンドとしてうまく機能しはじめる。フレディとブライアンがそれぞれ3曲ずつ、ロジャーとジョンが2曲ずつ作り、アルバムは完成した。

続く北米ツアーでは『ザ・ゲーム』の6曲がセット・リストに組みこまれた。「地獄へ道づれ」は、メンバーが適していると思ったときに、ときどき演奏された。この曲に対する聴衆の反応は真っ二つに分かれたが、LAフォーラムでのコンサートのあとマイケル・ジャクソンが楽屋に顔をだし、この曲をシングルとしてリリースすべきだと力説した。

レコード会社は、これまでの路線から外れすぎていると渋ったものの、最後はまたしてもメンバーからの圧力に屈した。「地獄へ道づれ」はアメリカだけで300万枚売れ、ロックばかりかソウルとディスコ、それぞれのチャートでも1位となった。これはハードロック・バンドにとっては驚異的な快挙である。『ザ・ゲーム』も、アメリカおよび世界中のチャートでナンバーワンとなった。

ロックバンドとして達成できることは、すべてやり切った！　そう断言できるほどの快挙だったが、これに異を唱えるように、彼らは1981年、初の南米ツアーに繰りだした（90〜95ページ参照）。しかも、その地を踏むまえにはすでに、南米大陸全体で最もレコードを売ったバンドになるという偉業を成し遂げていたのである。

ALBUM『ザ・ゲーム』

1979年の写真。のちに1980年発売のシングル、「セイヴ・ミー」のジャケットに使われた。

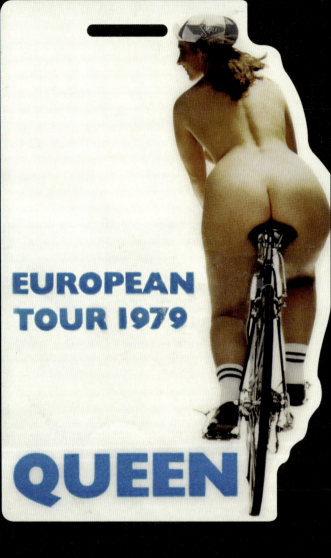

上：1979年のヨーロッパ・ツアーで使われた、ラミネート加工のバックステージ・パス。このパスには様々な赤と青のヴァージョンがあった。
**次ページ**：1979年の日本ツアー、名古屋公演の未使用チケット。

## QUEEN JAPAN TOUR '79
### 名古屋市国際展示場

4/28 ㊏ PM6:00

A ¥2,500

主催　東海ラジオ放送・鵜飼興業
後援　ワーナーパイオニア
招聘元　渡辺エンタープライズ

Iブロック　11列52番

【ご注意】
● 入場券は1人1回限り有効です。ご同伴のお子様はご入場できません。
● 会場内は禁煙になっています。指定された場所以外のタバコはおことわり致します。
● 出演者に対しテープなげ花束その他の持込み、手渡しは絶対におことわり致します。
● 会場にテープレコーダーおよびカメラを持って入場できません。
● 用事のある方は各自指定席席以外の所にはたり、通話に立つことはできません。
● 終演後の退館はおそくなりますので静かに退場願います。
● 場内での急病及び負傷した場合応急処置は致しますが、その後の責任は負いませんのでご注意く ださい。
● 係員の指示にしたがわずに起きた事故については主催者は一切責任をおいませんのでご注意く ださい。
● 以上の事項ご承のうえ購入願います。

● This ticket, if lost or destroyed, cannot be re-issued.
● This ticket cannot be exchanged nor the price refunded unless the performance is cancelled.
● Cameras and any recording meehines are strictly prohibited on the premises and if found in possession of anyone, such property must be checked at the door.
● No loitering is allowed and plesae follow any instructions that may be issued by promoter.

## Queen
### OFFICIAL FAN CLUB
### JAPAN DIVISION

〒100 東京都千代田区有楽町1丁目6番8号松井ビル
TEL 03(504)2786

Queen_41-15

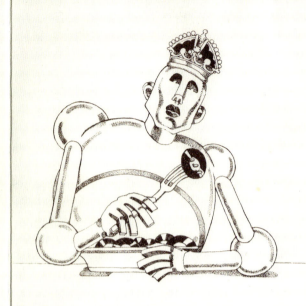

## QUEEN EUROPEAN TOUR 1978

Queen_41-16

---

EMI-BOVEMA WELCOMES QUEEN

AMSTERDAM, APRIL 20TH 1978.

DES VINS:

BLANC DE BLANC: CRUSE & FILS, 1976

MACON: JABOULET VERCHERRE, 1974

SMOKED SALMON

-----

LOBSTER BISQUE

-----

PRIME RIB OF BEEF
(baked potatoes and salad)

-----

ICE-CREAM WITH CHERRIES FLAMBEES

-----

COFFEE WITH LICQUERS

前ページ：あまり知られていないが、『世界に捧ぐ』のロボットは、1978年、アムステルダムのレストランで配られたメニューカードにも使われていた……この日、ロッテルダムで〈クイーン〉のコンサートがあったことを考えると、実に興味深い！

上：1980年12月10日、ロンドンのシャフツベリー・アベニューにある映画館、ＡＢＣシネマで行われた、映画『フラッシュ・ゴードン』のロイヤル・チャリティ・プレミアの招待状。

# Queen at the Movies
## 映画音楽におけるクイーン

〈クイーン〉がどれほど巧みに"音による風景"を作りだすバンドであったかを考えれば、サウンドトラックの制作依頼が頻繁に舞いこんだことも、彼らの音楽が多くの映画で使用されたことも、驚くにはあたらない。

1980年、〈クイーン〉が初めて手掛けたサウンドトラック、『フラッシュ・ゴードン』のアルバム・ジャケット。

彼らの映画好きが広く知られるようになったのは、イタリア人プロデューサーのディノ・デ・ラウレンティスが、ド派手なＳＦ映画『フラッシュ・ゴードン』(1980年)のサウンドトラックを〈クイーン〉に依頼したことがきっかけだった。ブライアン・メイもロジャー・テイラーも、伝説のコミック・ヒーロー、フラッシュ・ゴードンの大ファンだったのだ。「とにかく、どうしても引き受けたかった」とロジャーは語っている。「音楽について語る映画ではないが、その映画全体に欠かせない要素となるようなサウンドトラックを作りたかったんだ」

『フラッシュ・ゴードン』のレコーディングは、『ザ・ゲーム』のレコーディングと同時期に、ミュンヘンでラインホルト・マックと、そしてロンドンのアドヴィジョン・スタジオとタウンハウス・スタジオで行われた。ブライアン・メイは、ドイツに向かうまえにロンドンで曲の構想を大まかにまとめた。このプロジェクトはまさにブライアンの"秘蔵っ子"で、ほかのメンバーが『ザ・ゲーム』のレコーディングに集中しているあいだ、ブライアンは頻繁にスタジオに残り、『フラッシュ・ゴードン』の作業にいそしんだ。

このサウンドトラックは、決してバックグラウンド・ミュージックではない。それどころか、前面にどんと居座って映画のアクションを駆りたてる役目を果たしている。ブライアンは、レコーディングで俳優のセリフ入りのテイクを使いたいと頑固に主張したくらいだ。こうして、ヴァルタン公を演じるブライアン・ブレスドの「ゴードンは生きてる！」やヒロインのデイル・アーデン役のメロディ・アンダーソンによる「フラッシュ……愛してるわ！　でも、地球を救うためにあと14時間しかない！」などを始めとする様々な映画のセリフが、容赦なく脈打つベースラインと強烈な高音コーラスの合間に挿入された、かの有名な「フラッシュのテーマ」ができあがったのである。

1980年12月10日にイギリスで、1981年1月21日にアメリカでリリースされた『フラッシュ・ゴードン』のサウンドトラック・アルバムには、各メンバーが提供した全18曲が収録され、すべての曲でシンセサイザーが使われている。最も長い曲は3分31秒「ザ・ヒーロー(The Hero)」、最も短い曲は43秒の「フラッシュの死刑(Execution of Flash)」(訳注：ここでの長さはＬＰ収録のもの。2011年に発売されたRemaster版では、最長が3分33秒「ザ・ヒーロー」、最短が56秒の「ウエディング・マーチ(The Wedding March)」となっている。ちなみに「フラッシュの処刑」はRemaster版では、1分5秒である)。このアルバムは、イギリスでは10位、アメリカでは23位にチャートインした。映画はなんとも言えずキッチュに仕上がっており、〈クイーン〉の楽曲はその雰囲気にぴたりとはまっている。

6年後、彼らは別のＳＦファンタジー映画の曲作りを依頼された。ＭＴＶで初めて流れたミュージック・ビデオのクリエーターであるラッセル・マルケイが監督し、クリストファー・ランバートが主演した、時空を旅する不死の戦士たちの戦いを描いた『ハイランダー 悪魔の戦士』(1986年)である。

監督のマルケイは当時をこう回想している。「ずっと〈クイーン〉のファンだったから、彼らに頼もうと思った。20分ほどの映像を観

剣VSマイク！　1986年2月の「プリンシズ・オブ・ザ・ユニヴァース」のプロモーション・ビデオの撮影中。映画『ハイランダー 悪魔の戦士』のシーンをもとに、主演のクリストファー・ランバートとフレディが戦った。

ためと、引き受けると言ってくれたよ。映画音楽の作曲家と〈クイーン〉のようなバンドとの共同作業には、非常に大きな利点がある。ほら、〈クイーン〉はあんなにロックンロールなのにオペラ風の要素があるだろう？　それがこの映画のオペラっぽさにうってつけだったんだ」

　ここでもブライアン・メイが奮起し、サウンドトラックの大半を占める数々の曲を提供した。同年リリースされ、この映画に関連する数曲（別のアレンジではあったが）が収録された『カインド・オブ・マジック』は、いわば非公式のサントラのようなものだ。〈クイーン〉が『ハイランダー 悪魔の戦士』に提供したのは合計6曲。フレディの「プリンシス・オブ・ザ・ユニヴァース（Princes Of The Universe）」、ブライアンの「リヴ・フォーエヴァー（Who Wants To Live Forever）」と「ギミ・ザ・プライズ（Gimme The Prize ［Kurgan's Theme］）」、そしてジョンの「愛ある日々（One Year Of Love）」、ロジャーの「カインド・オブ・マジック（A Kind Of Magic）」と「ドント・ルーズ・ユア・ヘッド（Don't Lose Your Head）」である。

　興味深いことに、〈クイーン〉は、『ハイランダー 悪魔の戦士』のワンシーンのために特別に「ニューヨーク・ニューヨークのテーマ」も録音している。しかし、これは『カインド・オブ・マジック』には収録されず、未完成作とみなされ、今日までどのアルバムにも入っていない。

　メンバーが直接参加した作品以外でも、〈クイーン〉の曲は多くの映画で使用されている。『ウェインズ・ワールド』で、ウェインたちが「ボヘミアン・ラプソディ」に合わせてヘッドバンギングをするシーンは、いまや知らない者はいないというほど有名になった。ほかにも、『ショーン・オブ・ザ・デッド』（「ドント・ストップ・ミー・ナウ」「マイ・ベスト・フレンド」）、『ポイント・ブランク』（「アンダー・プレッシャー」）、『ムーラン・ルージュ』（「ショウ・マスト・ゴー・オン」）、『スーパーサイズ・ミー』（「ファット・ボトムド・ガールズ」）、『ハイ・フィデリティ』（「伝説のチャンピオン」）、『エニイ・ギブン・サンデー』（「ウィ・ウィル・ロック・ユー」）などで〈クイーン〉の曲が使われている。

1981年に来日した〈クイーン〉のメンバーたち。〈ミュージック・ライフ〉誌に掲載された写真。撮影は長谷部宏

1981年の南米ツアー中、またしても大いに盛りあがったコンサートのフィナーレ。

# South America 1981
## 1981年、南米進出

すべに述べたように、画期的な1981年南米ツアーの計画が最初に持ちあがったとき、〈クイーン〉はすでにこの大陸で最高の売り上げを誇るバンドとなっていた。「地獄へ道づれ」がアルゼンチンとグアテマラでナンバー１ヒットを記録したあと、過去の〈クイーン〉のレコードが飛ぶように売れたのである。

1981年２月、南米ツアーに先立ち、ブラジルのリオ・シェラトン・ホテルでくつろぐメンバー。

しかしこのツアーは、マネージメントを含め〈クイーン〉のスタッフが直面した、最大の難関となる。後に"自虐"ツアーと呼ばれた、その理由とは──。

南米ツアーの計画を実現に持ちこむまでには、実に９か月の月日がかかった。その間、ジム・ビーチとツアー・マネージャーのジェリー・スティッケルスがアルゼンチン、ブラジル、ベネズエラのライヴ候補地を訪れ、プロモーターたちと交渉した。どの場所でもロジスティクスの点で大きな障害があったが、それ以上に問題となったのが、メンバーの命を脅かす危険性だった。当時の南米大陸の大半は、開拓時代の米国西部のように治安が悪かった。その結果、コンサート会場にテロリストが紛れこむ可能性も払拭できず、アルゼンチンの諜報機関とも頻繁に会議が行われた。

ツアーの日程表が組まれては却下されるという繰り返しではあったが、マネージメント側は、一緒に仕事をするうえで安全で信頼できる相手が誰なのかを少しずつ見極めていった。その甲斐あって、このツアーは徐々に形が整いはじめた。〈クイーン〉はアルゼンチンで爆発的な人気を誇っていたため、ベレス・サルスフィエルドのサッカー場、マル・デル・プラタのムニシパル・スタジアム、そしてロサリオにあるアスレチック・スタジアムといった、普段はサッカーや野球の試合で使用される巨大な会場が押さえられた。ブラジルでは、世界で２番目に大きなアリーナであるサンパウロのモルンビー・スタジアムで２日間に渡るコンサートが計画された。そのすべてのチケットが、発売後数時間で売り切れた。

日本から北米、その後ブエノスアイレスへと40トンもの音楽機材を運ぶというロジスティクス面での悪夢も待ち受けていた。このツ

上：３月、メンバーとマネージャーのジム・ビーチは、ロベルト・エドゥアルド・ビオラ将軍（当時のアルゼンチン次期大統領）の自宅に招かれ、ロジャー以外全員が出席した。
次ページ：1981年３月、２日間にわたるブラジルのモルンビー・スタジアム公演の告知ポスター。

アーでは、常時使っている66人のクルーだけでなく、それぞれの興行地で地元の労働者を雇い、巨大なステージを組み立てなければならなかった。

日本ツアーのあと短い休暇を取ったのち、1981年２月24日にブエ

ノスアイレスに飛んだメンバーは、そこで途方もない大歓迎を受ける。フライト中の機内放送が〈クイーン〉のヒット曲に変更されたばかりか、数千人もの絶叫するファンに空港で出迎えられ、政府高官にも歓迎をうけ、到着の模様が国営放送で放映されたのである。

5日後、〈クイーン〉はベレス・サルスフィエルドに集まった5万4,000人のファンの前に立った。〈ポリス〉やピーター・フランプトンといったアーティストも、南米でコンサートをしたことはあったが、そのいずれも小規模な屋内会場だった。ロックバンドの到着がこれほど大々的に報道されたのは、アルゼンチン史上〈クイーン〉が初めてのことだ。メンバーはどこへ行くにもオートバイで先導する警官とボディガードたちに付き添われた。「少し不安ではあった。近くにいる人間が野次馬なのかファンなのか、わからなかったわけだから」ブライアン・メイはそう語っている。しかし心配は無用だった。アルゼンチンのファンは理想的と言えるほど素晴らしい反応で彼らを迎え、大半が英語を喋れないにもかかわらず、大合唱で応えた。〈クイーン〉のアルバムすべてがアルゼンチン国内でトップテン入りし、「ラヴ・オブ・マイ・ライフ」はサンパウロで、なんと1年間もシングル・チャートに留まった。

南米ツアー初日となるこのコンサート終了後、〈クイーン〉のためにパーティが催された。アルゼンチンのサッカーの神様ことディエゴ・マラドーナがメンバーたちを熱い抱擁で迎え、フレディ・マーキュリーとはアルゼンチンのユニフォームと、イギリス国旗入りTシャツを交換した。〈ビートルズ〉が訪れたとき同様、南米の政治家たちはこの一大現象に便乗した。アルゼンチンの次期大統領ロベルト・ビオラ将軍に面会を申しこまれると、ブライアン、フレディ、ジョンは誘いに応じた。ロジャー・テイラーだけは彼の軍事政府に同意できないとして、この誘いを辞退した。

〈クイーン〉はマル・デル・プラタとロサリオで、7万6,000人におよぶ大興奮のファンの前で力のこもったパフォーマンスを披露したあと、1週間後、再びベレスに戻って2度のライヴを行った。

お次はブラジルだ。彼らはここでも、王族級の厳重なセキュリティに守られ、ふた晩のあいだに25万人もの観客を魅了した。〈クイーン〉は南米を征服したのだ。

9月になると、彼らは南米コンサート・ツアー第2弾の準備に取りかかった。ベネズエラのポリエドロ・デ・カラカスで5回の公演が計画されていたが、折悪しくベネズエラの元大統領ロムロ・ベタンクールが亡くなった。用意周到に練られた計画も、残念ながら国をあげての服喪には太刀打ちできず、最後の2回のコンサートは中止にせざるをえなかった。

この第2弾ツアーは、第1弾のように順調にはいかなかった。メキシコのモンテレイにある5万6,000人収容のユニバーシティ・スタジアムで行われたコンサートは大成功だった。しかし、プエブラにある4万6,000人収容のエスタディオ・クアウテモックで行われた2回のライヴでは、一部のファンが地元のテキーラでひどく酔っ払い、周囲にある物を手あたり次第にステージや観客に投げはじめた。フレディはステージを去るとき観客に向かって「さよなら、友人たち（アディオス・アミーゴス）、くそ野郎（マザーファッカー）！」と別れを告げたと言われている。まあ、それも当然といえるだろう。

こうした些細な障害はあったとはいえ、一見妙な組み合わせに思える〈クイーン〉と南米の相性は抜群だった。1985年1月11日から20日にわたり、ブラジルのリオデジャネイロでは、第1回目のロック・イン・リオ・フェスティバルが開かれた。この輝かしいイベントで、〈クイーン〉は12日と18日の2回にわたってヘッドライナーを務め、集まった25万人の音楽ファンを沸かせた。

その後、南米でのツアーが行われることはなかったが、1982年にアルゼンチンとイギリスがフォークランド諸島を巡って紛争中も、彼らの人気はまったく衰えなかった。それどころか紛争中に「アンダー・プレッシャー」がナンバーワンになり、〈クイーン〉とその音楽は、卑しい対外強硬主義など超越した存在であることを見事に証明してみせたのだった。

1981年3月、ブラジルの巨大なモルンビー・スタジアムでポーズをとるメンバー。このスタジアムは最上段だけで8万人の観客を収容できる。

上：1981年3月、ブラジルでのコンサート前のサウンドチェック中。
左：1981年の日本ツアーと南米ツアーで着用された、メンバーとクルー専用のジャケット。

1981年、南米進出

上：1981年3月、アルゼンチンのスタジアムのバックステージで、サッカー界の伝説、"神の手"ゴールで有名なディエゴ・マラドーナと。
右：こちらも典型的な──そんなものがあるとすれば、だが！──〈クイーン〉の観客。
下：1981年の南米ツアー中、ステージに上がる直前のメンバー。

1981年南米ツアー中、「タイ・ユア・マザー・ダウン」で華麗にコンサートを締めくくる〈クイーン〉。

# Greatest Hits
## Best ALBUM『グレイテスト・ヒッツ』

〈クイーン〉が最初の10年間で飛ばしたヒット曲の数を考えると、1981年にすでに『グレイテスト・ヒッツ』アルバムが出たことは不思議でもなんでもない。しかし、〈クイーン〉の人気とその創造性、彼らのパワーを過小評価していた人々は、このアルバムがイギリス史上最も売れたことに、ひょっとして驚いたかもしれない。

2006年、米音楽専門テレビ・チャンネルのVH1は、イギリスのオフィシャル・チャート・カンパニーと組み、史上最も売れたアルバム・トップ100のリストを発表した。これはよくある批評家やテレビ番組の視聴者が投票した順位ではなく、過去50年間に実際に売れた枚数をもとにした完全で正確なデータだった。

統計によると、数々の著名アーティストを凌いで540万7,587枚という驚異的なセールスを記録し、イギリス史上最も売れたアルバムという羨望の称号を手に入れたのは、〈クイーン〉のコンピレーション・アルバム『グレイテスト・ヒッツ』だった。さらに1作目の10年後に発売された、結成後10年から20年までの10年間の曲を集めた『グレイテスト・ヒッツII』も363万1,321枚というセールスを記録し、7位にランクインしている。どちらもデジタル・リマスター版が2011年1月に発売されており、この数字は間違いなくいまなお更新され続けている。

では、これはいったいどれくらいの規模なのか？ それに続く記録を残したアーティストとそのアルバムをもとに検証してみよう。〈ビートルズ〉は『サージェント・ペパーズ・ロンリー・ハーツ・クラブ・バンド』で2位にランクイン。3位は〈オアシス〉の『モーニング・グローリー』、4位は〈ダイアー・ストレイツ〉の『ブラザーズ・イン・アームス』、5位は〈アバ（ABBA）〉の『グレイテスト・ヒッツ』、6位は〈ピンク・フロイド〉の『狂気』、7位と8位はマイケル・ジャクソンの『スリラー』と『BAD』、そして、10位がマドンナの『ウルトラ・マドンナ─グレイテスト・ヒッツ』と続く。

17曲（訳註：日本盤はボーナス・トラックとして「手をとりあって」を含めた18曲）が収録された〈クイーン〉初のコンピレーション・アルバム『グレイテスト・ヒッツ』は、彼らが数々の素晴らしいアルバムを作りだせるだけでなく、どのシングルがヒットするかを鋭く嗅ぎわけられるロックバンドであることを如実に示している。また、収録曲がそれぞれの国や地域でヒットした曲に準じて変えられたことは、彼らが多面的な魅力を持つグループだった証だろう。

1991年、前回とは異なる17のヒット曲（訳註：日本盤はボーナス・トラックとして「ボーン・トゥ・ラヴ・ユー」を含めた18曲）が『グレイテスト・ヒッツII』に収録された。ここでも、実に驚異的な〈クイーン〉の多様性が前面に押しだされている。『グレイテスト・ヒッツ』と『グレイテスト・ヒッツII』の英国盤には、『Greatest Flix（1981年までのプロモーション・ビデオ）』と『Greatest Pix』（写真集）』が付いていた。

ロック史における最高のアルバム、最高のヒットを誇る最高のバンド、それが〈クイーン〉なのだ！

**右上**：イギリスにおける『グレイテスト・ヒッツ』と『グレイテスト・ヒッツII』の2,300万枚の売り上げを称え、パーロフォン（レコード会社）から授与されたアワード。
**右**：2008年9月、『グレイテスト・ヒッツ』と『グレイテスト・ヒッツII』の400万枚の売り上げを称え、EMIドイツから授与されたアワード。
**次ページ**：1981年、スノードン卿が撮影した『グレイテスト・ヒッツ』アルバムのジャケット写真。

# Hot Space

### ALBUM 『ホット・スペース』

『グレイテスト・ヒッツ』の発売でひとつの時代を終えた〈クイーン〉は、次の時代の初アルバムとなる『ホット・スペース』のレコーディングに精力を注ぎはじめた。そして、これまでの〈クイーン〉とは異なるアプローチをとり、別のサウンドを探っていく。その結果、音を少なめにして音楽が共鳴し合うスペースがたっぷりあるアルバムができあがった。

1981年11月にリリースしたデヴィッド・ボウイとのコラボレーション・シングルが、その最初の例である。1981年夏の後半、同じモントルーでレコーディングしていた〈クイーン〉とボウイは、こんな絶好のチャンスを逃す手はない、と共演を決めた。ラインホルト・マックをプロデューサーに、彼らはスタジオでジャム・セッションをはじめ、まもなくオリジナル曲が形をとりはじめた。〈クイーン〉が当時作りかけだった「Feel Like」という曲のピアノのモチーフをもとにしたこの曲は、もともと「People On Streets」という題名にする予定だったが、ボウイの提案で「アンダー・プレッシャー（Under Pressure）」に決まった。印象的なベースラインは、ほかのメンバーたちによるとジョン・ディーコンが書いたとされているが、ジョン本人はボウイが書いたとインタビューで語っている。作詞・作曲には〈クイーン〉全員とボウイがクレジットされた。

ボウイは、自分とフレディがボーカル・パートを即興で入れてはどうかと提案した。序奏のあとの"ヴァース"と呼ばれる部分で、相手の知らない歌詞を別々に歌うのだ。「ボウイはこの曲をどう発展させていくか、確固としたヴィジョンを持っていた」とブライアンはのちに語っている。狭いスタジオに強烈な個性を持つ5人が詰めこまれたこのセッションは、ブライアンにとって決して快適とは言えなかったようだ。

2週間後、ロジャー・テイラー、ボウイ、マックが、ニューヨークのザ・パワー・ステーション（訳注：1996年に「Avatar Studios」に改称）で再び落ち合い、最終ミックスに取りかかった。フレディは2日遅れて姿を現したが、ブライアン・メイはこの作業には立ち会わないことに決めた。有名アーティスト同士のコラボレーション・シングルとあって、イギリスのＥＭＩとアメリカのエレクトラ・レコードが一刻も早く発売したがっていたことは言うまでもない。1981年11月にリリースされると、「アンダー・プレッシャー」はイギリスでナンバーワン・ヒットとなり、世界各地でチャート入りした。

この曲は『ホット・スペース』の方向性を定める役割を果たすことになる。クリスマスまえ、ミュンヘンでさらに2曲がレコーディングされた。ファンクとソウルを掘り下げたフレディとジョンによる「クール・キャット（Cool Cat）」ジョンの「バック・チャット（Back

1982年のアルバム、「ホット・スペース」。

Chat)」である。1982年初め、〈クイーン〉は3か月かけてアルバムの残りを終了させるためドイツに到着した。

ところが、彼らはミュンヘンの活発なナイトライフの虜になり、これまでのレコーディングとは違って、ときにそれが仕事の妨げとなった。

ブライアン・メイはこの時期の思い出を語りたがらない。心をひとつにしてレコーディングする代わりに、バンドはばらばらになってしまった。取り巻きとともにミュンヘンにあるヒルトンの最上階を占領したフレディは、酒を浴びるように飲んではナイトクラブに繰りだしていた。シュガー・シャック・クラブに入り浸るこの荒れた生活がバンド活動に悪影響を与え、薬物使用も問題になり、メンバーどうしの言い争いはこれまでのクリエイティヴな結果を生む議論とは別物となった。

1982年7月、ニューヨークの家電店クレイジー・エディーで行われたサイン会。

1982年8月、アメリカ。アンディ・ウォーホルに撮影されるメンバーたち。

ALBUM『ホット・スペース』

　音楽もまた、がらりと変化した。フレディが、〈クイーン〉とはまったく異質の、新たな領域へと進みはじめたのだ。ディスコ、ポップ、R&B、ファンク、ソウルといった、〈クイーン〉とは正反対のサウンドである。ブライアン・メイの「プット・アウト・ザ・ファイアー（Put Out The Fire）」と、もの悲しい歌詞の「ラス・パラブラス・デ・アモール／愛の言葉（Las Palabras De Amor［The Words Of Love］）」は、より〈クイーン〉らしいサウンドではあったが、ブライアンは「プット・アウト・ザ・ファイアー」のギター・ソロを酔わずにはレコーディングできないほど疲れ果て、精神的にも限界にきていた。

　アトランティック・レコード所属の有名ソウル音楽プロデューサー、アリフ・マーディンが、「ステイング・パワー（Staying Power）」のホーン・セクションに雇われたのをみれば、〈クイーン〉がどれほど従来のサウンドから離れようとしていたかがわかる。このとき初めて、彼らは自分たちで曲を調整するのを放棄し、この曲のマルチトラックを急送便で彼のもとに送りつけた。満足のいくアレンジメントが戻ってきたのは、幸運だったと言える。

　おまけに、あろうことかアルバム・リリースの前日、デヴィッド・ボウイが「クール・キャット」の自分のヴォーカルが気に入らないから削除してくれ、と連絡を入れてきた。〈クイーン〉は言われたとおり、彼のパートを削除した。

　アルバム・ジャケットにも方向性の転換が見える。『ホット・スペース』のジャケットは、〈ビートルズ〉の「レット・イット・ビー（Let It Be）」とアンディ・ウォーホル風の色使いをミックスさせたものとなった。このジャケットは、〈U2〉の1997年のアルバム『ポップ』と、〈ブラー〉の2000年のアルバム『Buur : The Best Of／ザ・ベスト・オブ』に影響を与えたと言われている。

　先行シングルの「ボディ・ランゲージ（Body Language）」も〈クイーン〉らしいサウンドとはかけ離れていた。5月21日にようやくリリースされた『ホット・スペース』に、ファンから当惑の声があがったのは、しごく当然の成り行きだったと言えよう。イギリスでは4位に達したものの、イギリスでもアメリカでも、これまでのプラチナ・ディスクではなく、ゴールド・ディスクしか獲得できなかった。

　いつものように、次なるステップはツアーによるプロモーションだった。このツアーは興味深いものではあったが、ときに軋轢が生じる旅となる。今回、彼らはキーボード奏者を同行した。選ばれたのは、もと〈モット・ザ・フープル〉のモーガン・フィッシャーだ。

　ライヴ・バンドとしての彼らの人気が衰えていないことは、ミルト

1982年、『ホット・スペース』のヨーロッパ・ツアー中、ステージに立つジョンとブライアン。

ン・キーンズ・ボウルやリーズ・ユナイテッドＦＣのホームスタジアムであるエランド・ロード、エディンバラのロイヤル・ハイランド・ショーグラウンドでの大規模なライヴで証明された。ブライアン・メイは、「ステイング・パワー」や「バック・チャット」で大音量のギターをかき鳴らし、〈クイーン〉が"ディスコ・バンドになってしまった"と恐れるファンの不安を吹き飛ばした。彼は、自分たちがまだ、何よりロックバンドであることを示そうと、固く決意していたのだ。

　北米ツアーは、ニューヨークのマディソン・スクエア・ガーデンやロサンゼルスのイングルウッドにあるザ・フォーラムといった名だたる会場でのコンサートとともに、大成功をおさめた。ボストンでは、市の重鎮が、コンサートの行われた7月23日を公式な"〈クイーン〉の日"と宣言したほどである。この宣言には、街に入るための鍵の授与から市長による公式な声明といった象徴的な行事も含まれていた。「ボストンは昔からずっとぼくらの街だ」とブライアンは語っている。「ぼくらはあの街が大好きだし、あの街の人々もぼくらに夢中なんだ」

　とはいえアルバムの売り上げは伸びず、彼らは心身ともに疲れ果てた状態でツアーを終えた。無難な成功をおさめたとはいえ、苦難に満ちた1年が幕を閉じた。彼らがその後、充電期間としてしばらくばらばらに過ごしたのも無理はない。

1982年、目もくらむような照明のなか、ヨーロッパのショーを締めくくる「伝説のチャンピオン」の演奏風景。

# Queen Invite you to a Party

## to celebrate the end of the Hot Space Tour

Date: 5th June 1982
Venue: Embassy Club
Old Bond Street W.1
Time: 11.45 pm onwards
Dress: Suspenders, shorts or anything unconventional

RSVP: Sara, 46 Pembridge Road, W.11
Telephone: 01-727 5641

**ADMIT TWO**

---

上：1982年6月5日のミルトン・キーンズでのコンサートのあと、ロンドンのエンバシー・クラブで催された『ホット・スペース』ツアー終了パーティの招待状。
**次ページ**：1982年、『ホット・スペース』の宣伝用にEMIが作成したキューブ。一辺が12インチ（約30センチ）の大きさ。オリジナルのなかで、30年後まで残ったものはごくわずかしかないと言われている。

# The Works

## ALBUM『ザ・ワークス』

1982年9月15日のロサンゼルス公演を最後に北米ツアーが終わったあとも、『ホット・スペース』レコーディング中のメンバー同士の仲違いは尾を引いていた。このアルバムがアメリカで22位と低迷しているのを見て、〈クイーン〉はエレクトラ・レコードを離れ、EMIのアメリカの姉妹会社であるキャピトル・レコードと契約した（また、オーストラリア、ニュージーランド、日本のEMIとも契約を結んだ）。

ツアーのあと、4人はすぐさまそれぞれの活動に着手した。手はじめはソロ・プロジェクトのレコーディングだ。フレディ・マーキュリーはミュンヘンで『Mr.バッド・ガイ』を作りはじめた。ブライアン・メイは『無敵艦隊スター・フリート』の制作のためLAに残り、ロジャー・テイラーはモントルーで『ストレンジ・フロンティアー』に取りかかった。家庭人のジョン・ディーコンはイギリスに戻った。本人いわく、「ぼくは歌えないから、ソロ・アルバムは作れないんだ」。

〈クイーン〉は12年間ノンストップで走りつづけたあと、事実上、互いから距離を取ったのである。彼らが古巣の〈クイーン〉に戻ったのは、それから18か月もあとのことだった。ジム・ビーチが、トニー・

リチャードソン監督によるジョン・アーヴィングの小説をもとにした映画『ホテル・ニューハンプシャー』(1984年)の共同プロデューサーになると、フレディは映画のタイトル曲を作ろうと申しでた。そしてほかのメンバーを説得し、ロンドンにあるEMIのこじんまりしたスタジオで「愛こそすべて（Keep Passing The Open Windows）」をレコーディングした。フレディからジムへのプレゼントである。だが、残念なことに北米地域で配給を手がけるオライオン・ピクチャーズは、フレディの曲を却下し、ジャック・オッフェンバックの曲をサウンドトラックにすることに決めた。これにひどくショックを受けたフレディは、その後3か月ものあいだジムと口をきかなかった！

長いこと離れ離れだったメンバーは、再び一緒に音楽を作るのを心待ちにしていた。ラジオのインタビューで、ジョン・ディーコンはこう打ち明けている。「ぼくらもあれ（『ホット・スペース』）の出来に失望していた。だから次のアルバムをどういうものにするか、真剣に話し合った。その結果、『ザ・ワークス』では、ファンが〈クイーン〉と聞いて連想する音楽をやろうと決めたんだ」

アルバムのタイトルは、すべてがもう一度自分たちにとっ

---

上：1984年のアルバム、『ザ・ワークス』。
左：1984年6月、「永遠の誓い（It's A Hard Life）」のビデオ撮影で、髑髏のギターを手にするブライアン。
次ページ：1983年アメリカにて。ハリウッドで映画スターを撮り続けた有名な写真家、ジョージ・ハレルとのフォトセッション。

ALBUM『ザ・ワークス』

**前ページ**：1984年3月、ロンドンのバタシーで行われた「ブレイク・フリー」のプロモーション・ビデオ撮影のセットにて。
**本ページ**：1984年6月、「永遠の誓い」のプロモーション・ビデオを撮影中の（"エビ"の衣装を着た）フレディ。

ていい方向に働いていると〈クイーン〉が感じたことと、「すごい曲を作ろうぜ！」というロジャー・テイラーの発言をもとにしている。
　〈クイーン〉はそれぞれが自分の曲に責任を持ち、できあがったところでメンバーに聴かせて意見をきくという本来のやり方に戻った。この方法を踏まえ、ロジャー・テイラーの魅力あふれる「RADIO GA GA（Radio Ga Ga）」は、シンセサイザーとドラム・マシーンでロジャーが作りあげたあと、フレディ・マーキュリーが味つけをした。
　「テア・イット・アップ（Tear It Up）」と「ハマー・トゥ・フォール（Hammer To Fall）」はブライアン・メイらしい伝統的なハードロック・チューンで、後者はライヴの定番曲となった。ジョン・ディーコンはまたしてもキーボードを多用し、きら星のようなポップ・ロック曲を作りだした。さらりと聴き流せる一見無害な歌詞とキャッチーなメロディが特徴のこの「ブレイク・フリー／自由への旅立ち（I Want To Break Free）」では、少ない楽器編成でのシンプルな演奏が際立っている。フレディですら、ソウルやディスコ音楽の影響がまったく感じられない「永遠の誓い（It's A Hard Life）」を作った。ブライアンは、ロジャーと「マシーン・ワールド（Machines [Or Back To Humans]）」を、フレディとは「悲しき世界（Is This The

1984年6月、「永遠の誓い」のプロモーション・ビデオにて。ジョン・ディーコン（左）、ロジャー・テイラー（右）。

World We Created…?)」を共作した。

メンバー全員がこのアルバムの出来に満足し、どれをシングルにするか検討した。もちろん、〈クイーン〉のシングルにはプロモーション・ビデオ（ＰＶ）が付き物だ。『ザ・ワークス』からシングルカットされた２曲のＰＶは、それぞれ別の意味で〈クイーン〉にとって重要な意味を持つことになる。

1984年1月23日、『ザ・ワークス』の第一弾シングルとして「RADIO GA GA」がリリースされた。10万ポンドで制作されたＰＶの監督には、デヴィッド・マレットが起用された。マレットはデヴィッド・ボウイのスタイリッシュなＰＶを何作も制作した人物で、このあと何年も〈クイーン〉の映像作品を手掛けることになる。「RADIO GA GA」の未来を舞台にしたＳＦ風ＰＶのなかで、メンバーは空飛ぶ車で都市を横切っていく。このＰＶでは、その都市を始めＳＦ映画の古典であるフリッツ・ラングのモノクロ映画『メトロポリス』（1927年）の映像やイメージが多く使用されている。メンバー４人が指揮を執るなか、ファンクラブのメンバー150人が白い衣装に身を包んで手を叩く有名なコーラス・シークエンスは、パインウッド・スタジオで撮影された。

２枚目のシングルは、間違いなく１位を獲得すると全員が確信した「ブレイク・フリー／自由への旅立ち」に決まった。４人がイギリスの連続テレビ・ドラマ『Coronation Street』（1960〜・日本未放映）に登場するキャラに扮した品のないこのパロディＰＶは、たちまち話題の的となった。

興味深いことに、〈クイーン〉のメンバーは全員、女装を選んだ。フレディは黒いかつらとミニスカートにぴったりしたトップス（口ひげはそのまま）。ロジャーはブロンドの女学生。ジョンは気難しいおばあさん。寝間着姿のブライアンは、クリームをでからせた顔、カーラーを巻いた髪、ふわふわのウサギ毛のスリッパといういでたちだった。ＰＶの後半には、前半よりは品のよいロイヤル・バレエ団のダンス・シーンも登場する。

イギリスのファンにはこのビデオの面白さが好意的に受け止められ、「ブレイク・フリー」は３位にチャートインした。一方、アメリカでは痛烈な批判を浴び、〈クイーン〉はゲイの服装倒錯者で、若者に悪影響を与える、と酷評された。しかし、アメリカ市場のために別のＰＶを作るよう要請された〈クイーン〉はこの要求を蹴り、女装ビデオがもたらす結果を甘んじて受けることにした。

５月にリリースされた『ザ・ワークス』は総じて素晴らしい売れ行きで、ほとんどの国のチャートでトップ３入りを果たした。が、100万枚以上売れたとはいえ、アメリカのチャートでは22位に留まった。いつものようにアルバムのプロモーションをするため、〈クイーン〉はヨーロッパのアリーナや、当時まだアパルトヘイト政策下にあった南アフリカ共和国の属領、サンシティを含めた大規模なツアーに出た。このサンシティでのコンサートが大きな論争を巻き起こすことになる。「ぼくらは政治的なバンドじゃない」ブライアン・メイはこう弁明した。「ぼくらの音楽を聴きたがってる観客のためにライヴをするだけさ」

とはいえ、彼らは誤解されたときのために、南アフリカ限定発売のライヴ・アルバムをリリースし、そこから上がる収益はすべてボプタツワナのろう学校に寄付したばかりか、ソウェト（訳註：南アフリカ共和国、ヨハネスブルグ近郊にある同国最大の黒人居住区）で催されたブラック・アフリカン・ミュージック・アワードにも出席した。ブライアンはイギリスの音楽家ユニオンの会合にも出席し、「音楽はあらゆる障壁を超えたものであるべきで、人種や政治に束縛されるべきではないというバンドの信念を支持する」と述べ、自分たちがサンシティに行った理由を説明した。とはいえ、音楽家協会は規約を破った〈クイーン〉に罰金を科し、彼らは一時的に国連のブラックリストに載ることになった。

1983年11月、ロンドンのシェパートン・スタジオで行われた「RADIO GA GA」のプロモーション・ビデオの撮影風景。

クイーンのメンバーによる『ザ・ワークス』収録曲の手書きの歌詞。

# 「ハマー・トゥ・フォール」（ブライアン・メイ）

## Hammer to Fall (-1)

Here we stand or here we fall
History won't care at all
Make the bed, light the light
Lady Mercy won't be home tonight.

(Chorus) You don't waste no time at all
Don't hear the bell but you answer the call
It comes to you as to us all
We're just waiting for the Hammer to Fall.

Oh every night, and every day
A little piece of you is falling away
But lift your face, the Western Way –
Build your muscles as your body decays.

(Chorus) Toe your line and play their game
Let the anaesthetic cover it all
Till one day they call your name
You know it's time for the Hammer to Fall.

Rich or poor or famous for
Your truth it's all the same (Oh no, Oh no)
Lock your door but rain is pouring
Through your window pane (Oh no...)
Baby now your struggle's all in vain.

## Hammer to Fall (-2)

For we who grew up tall and proud
In the shadow of the Mushroom Cloud
Convinced our voices can't be heard
We just wanna scream it louder and louder

(Chorus) What the hell are we fighting for?
Just surrender and it won't hurt at all
You just got time to say your prayers
While you're waiting for the Hammer to Fall.

# 「ブレイク・フリー」（ジョン・ディーコン）

## I WANT TO BREAK FREE (DEACON)

I want to break free
I want to break free
I want to break free from your lies
You're so self satisfied I don't need you
I've got to break free
God knows, God knows I want to break free

I've fallen in love
I've fallen in love for the first time
And this time I know it's for real
I've fallen in love, yeah
God knows, God knows I've fallen in love

It's strange but it's true
I can't get over the way you love me like you do
But I have to be sure
When I walk out that door
Oh how I want to be free, baby
Oh how I want to be free
Oh how I want to break free

But life still goes on
I can't get used to, living without, living without,
Living without you by my side
I don't want to live alone, hey
God knows, got to make it on my own
So baby can't you see
I've got to break free

I've got to break free
I want to break free, yeah

I want, I want, I want, I want to break free

「永遠の誓い」（フレディ・マーキュリー）

## It's A Hard Life

I don't want my freedom —
There's no reason for living —
With a broken heart —

① (This is a tricky situation —
② I've only got myself to blame —
① It's just a simple fact of life
② # It can happen to anyone —

You win — (you lose)
It's a chance you have to take with love
Oh Yeah — I fell in love —
But now you say it's over and I'm falling apart
Ah —

② (It's a hard life) —
② To be true lovers together
③ To love & live forever in each others hearts

(It's a long hard fight) —
To be friends with one another
And learn to trust each other right from the start
When you're in love —

① To learn to care for each other
② To trust in one another
③ When you're in (love)

But I'm living for tomorrow

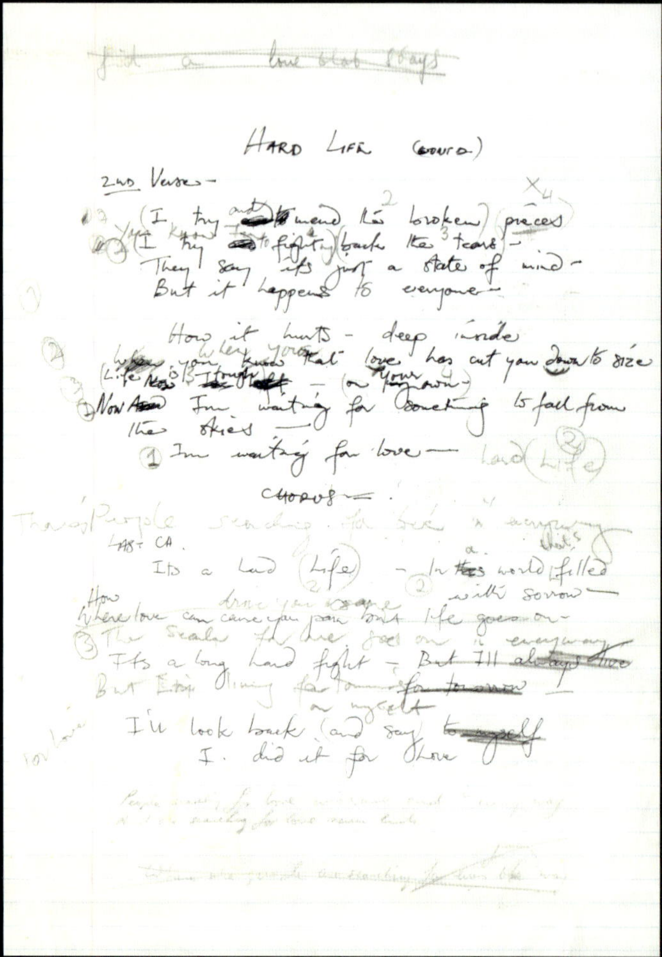

---

## Hard Life (cont'd)

2nd Verse —

① (I try and mend the broken pieces
② I try to fight back the tears —
They say it's just a state of mind —
But it happens to everyone —

How it hurts — deep inside
When you know that love has cut you down to size
Life has Now — I thought — (on your own)
Now I'm waiting for something to fall from
the skies —
① I'm waiting for love — Hard Life

CHORUS —

There's/People searching for love in anyway
It's a hard (Life) — In this world filled
How       love can escape     with sorrow —
Where love can cause you pain but life goes on —
③ The search for love goes on anyway
It's a long hard fight — But I'll always love
But keep living for love for tomorrow
        on myself
I'll look back (and say to myself)
    I did it for love

[illegible lines]

# 「RADIO GA GA」（ロジャー・テイラー）

## RADIO GA GA 1

I'd sit alone and watch your light
My only friend through teenage nights
And everything I had to know
I heard it on my radio
   Radio.

You gave them all those old time stars
Through wars of worlds — invaded by Mars
You made em laugh — you made em cry
You made us feel "like" we could fly,
(QUEEN SAYS "THAT")

So don't become some background noise
A backdrop for the girls and boys
Who just don't know or just don't care
And just complain when you're not there → YOUR
You had your time, you had "the" power,
You've yet to have your finest hour
   Radio.

All we hear is Radio ga ga
     Radio goo goo
     Radio ga ga.
All we hear is Radio ca ca
     Radio blah blah.
Radio what's new?
Radio, someone still loves you!

## Radio Ga Ga 2

We watch the shows — we watch the stars
On videos for hours and hours
We hardly need to use our ears
How music changes through the years.

Lets hope you never leave old friend
Like all good things on you we depend
So stick around cos we might miss you
When we grow tired of all this visual
You had your time — You had the power,
You've yet to have your finest hour
   Radio — radio.

All we hear is Radio ga ga
     " goo goo
     " ga ga
All we hear is Radio ca ca (ga ga)
     " goo go
     " ga ga.
" " " " " ca ca (gaga)
     " blah blah (gaga)
  Radio what's new?
Radio- Someone still loves you!

# Rock in Rio

## ロック・イン・リオ

〈クイーン〉は常に、南米進出に対して大きな野心を抱き、最終的には計画倒れになったとはいえ、ブラジルのリオ・デ・ジャネイロにある巨大なマラカナン・スタジアムでコンサートを行う企画を何度も立てていた。したがって、このスタジアムの動員数すら上回るフェスティバルでヘッドライナーを務めるチャンスが飛びこんでくると、彼らはためらわずにそれをつかんだ。

1985年1月11日から20日にかけて開催されたロック・イン・リオは、リオの南西に位置する大西洋に面したエリア、バーハ・ダ・チジュカの特設会場で行われた。25万人を収容できる会場で、世界の様々な大物バンドと地元のバンドが10夜にわたってしのぎを削るこのイベントには、〈アイアン・メイデン〉〈AC／DC〉〈イエス〉、ロッド・スチュワート、〈ホワイトスネイク〉、オジー・オズボーンらロック界の大御所が勢揃いした。しかし、なんといってもいちばんの目玉アーティストは〈クイーン〉である。彼らは初日でヘッドライナーを務めただけでなく、最後の夜もメインアクトとしてフェスティバルを締めくくった。

〈クイーン〉のスタッフは、後世にまで人々の記憶に残る歴史イベントにしようとすぐさま準備に取りかかった。幸い、特設ステージは巨大だったため、〈クイーン〉は自前のセットと照明を丸ごと持ちこむことができる。

フェスティバルのオープニングの夜、メンバーはコパカバーナのホテルでくつろいだあと、ヘリコプターで会場に向かった。ヘリコプターからは、見わたすかぎりどこまでも会場を埋めつくすファンが、これから始まる〈クイーン〉のコンサートを待ち望んで熱狂する姿が見えた。

彼らは観客席からはっきり見えるように、白の衣装に身を包んでいた。フレディは黒い稲妻のモチーフが入った、ぴったりしたタイツとベスト。〝Worldwide Nuclear Ban Now（いまこそ全世界で核兵器撤廃を）〟と大きく書かれたキャサリン・ハムネットのTシャツ姿のロジャー・テイラーは、まさにロックンローラーそのもの。ブライアン・メイはきらびやかな白いシャツとパンツに赤いサッシュを締め、ジョン・ディーコンはいつものように地味だが品のある装いでまとめた。

本番前夜、午前3時までかけて、彼らは『ザ・ワークス』ツアーのセットリストをこのパフォーマンスに沿うよう手直しした。「マシーン・ワールド」のイントロから続けて「テア・イット・アップ」「タイ・ユア・マザー・ダウン」へとなだれ込む。その後、数々の大ヒット曲から「輝ける7つの海」「ナウ・アイム・ヒア」「アンダー・プレッシャー」「地獄へ道づれ」を、そしてもちろん「ボヘンミアン・ラプソディ」も演奏した。ブライアン・メイは「ラヴ・オブ・マイ・ライフ」を弾くまえ、こう紹介した。「ぼくらと一緒に歌いたい？ いいとも。これはきみたちのために書いた曲、南米の人々にとって、とても特別な曲だ。きみたちが世界中でこれを特別な曲にしてくれたことを、心から感謝する」

アンコールの「ブレイク・フリー」で、プロモーション・ビデオと同じように黒いかつらと胸パッドを入れてステージに出てきたフレディは、観衆の反応に仰天した。当時圧政に苦しんでいた南米の多くの国にとって、ジョン・ディーコンのこの曲は自由の賛歌だった。それを女装して歌うことは、彼らにとって冒瀆に近い行為だったのである。コンサートのあと、フレディは「石つぶての刑で殺されると思ったよ！」と打ち明けた。ブライアン・メイは何年もあとに、こう付け加えている。「あれがフレディだよ。ほかの誰にも真似できない──限度ってものを知らないぶっ飛んだ男なんだ」

だが、フレディが片面にイギリス国旗、もう片面にブラジル国旗を刷った旗を手にステージを歩きまわり、「ウィ・ウィル・ロック・ユー」を歌いだすと、観客は彼の過ちを許した。

この夜を制したのが〈クイーン〉であったことは疑いようがない。そして彼らは9日後に再び、満場の観客を魅了した。このフェスティバルでの彼らのライヴパフォーマンスはどちらもブラジルのテレビ局ヘジ・グローボにより放映され、国内および60か国以上の国々で2億人近い人々が視聴したと言われている。

フェスティバルが幕を閉じた翌日、EMIは〈クイーン〉やほかの参加アーティストたちのために盛大なパーティを催した。〈クイーン〉が当時の大物たちのなかで抜きんでたバンドと称されたのは、このロック・イン・リオで披露した音楽とパフォーマンスがあったからこそだと言える。彼らが即興で「ロック・イン・リオ・ブルース（Rock In Rio Blues）」を捧げると、ブラジルのファンはますます〈クイーン〉の虜になった。「ロック・イン・リオのブルースを歌おうぜ、ベイビー／おまえとロック・イン・リオで歌うために来たのさ、ベイビー」……彼らが見事この目的を果たしたことは間違いない。

ロック・イン・リオ・フェスティバル新聞の一面を飾った〈クイーン〉。

ステージで熱唱するフレディ。1985年1月のロック・イン・リオ・フェスティバルにて。

ロック・イン・リオ

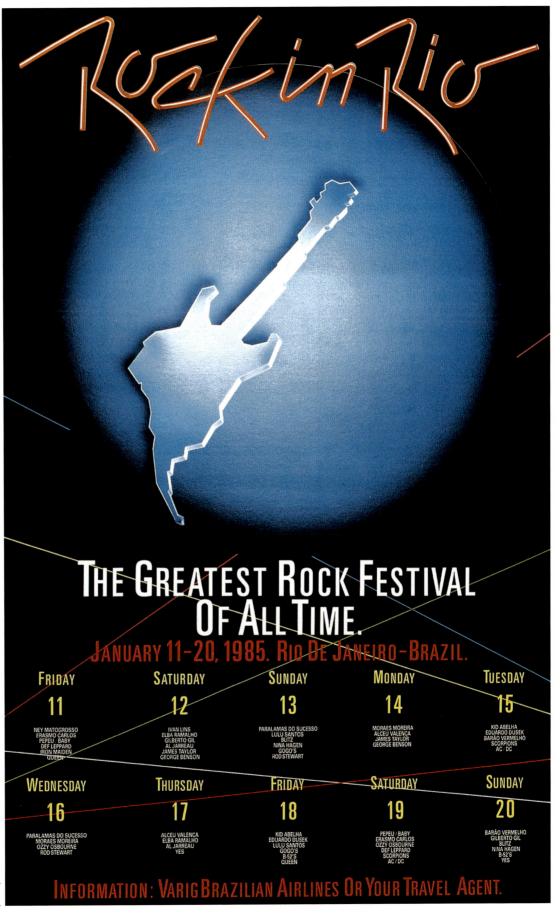

ロック・イン・リオのポスター。

# Live Aid

## ライヴ・エイド

ライヴ・エイドは、深刻な飢饉に苦しむエチオピアへの募金活動を目的として1985年7月13日に開催された。コンサート会場に集まった観客（ロンドンのウェンブリー・スタジアムに7万2,000人、フィラデルフィアのジョン・F・ケネディ・スタジアムに9万9,000人）のほかに、世界60か国でおよそ20億人が、テレビで同時放映されたこのイベントを視聴したと推定されている。

ライヴ・エイドに関して、オーガナイザーを含め、あらゆる人々が同意する事実がひとつだけある。〈クイーン〉のエネルギッシュな20分のライヴが話題を独占したことだ。"グローバル・ジュークボックス"と称されたこのチャリティ・コンサートの出演アーティストには、〈U2〉、スティング、ミック・ジャガー、〈ダイアー・ストレイツ〉、デヴィッド・ボウイ、〈ザ・フー〉、エルトン・ジョン、エリック・クラプトン、〈レッド・ツェッペリン〉、ボブ・ディランと、錚々たる顔ぶれが揃っていた。ステージでは文字通りまったく自分たちのコントロールが及ばず、ほかの出演者と同じセット、照明、バックドロップ、サウンド・システムを使うしかない。とはいえ、これは自分たちが派手な演出だけが自慢のバンドではないことを証明する絶好のチャンスだ。ブライアン・メイはこう表現した。「ぼくらにとっては、何よりもまず音楽ありき、だということを示すチャンスだった」

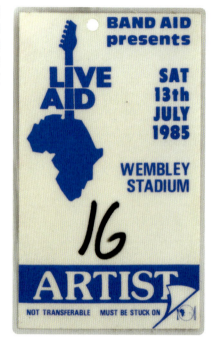

左：1985年7月13日、ライヴ・エイドで〈クイーン〉が使ったバックステージ・パス。彼らはこの日16番目に出演が予定されていた。
下：出演まえ、バックステージでウェールズ公妃ダイアナに挨拶するブライアンとロジャー。
次ページ上：フィナーレの直前、「悲しき世界」を熱演するフレディとブライアン。
次ページ下：バックステージでデヴィッド・ボウイと歓談するフレディ。

114

ライヴ・エイド

「ハマー・トゥ・フォール」を熱演中の〈クイーン〉。

　〈クイーン〉がこのチャリティ・コンサートに参加したのは、もちろん目的に賛同したからだが、それと同時に、これがほかのバンドと同じステージに立ち、自分たちの実力を示すチャンスだったからでもある、とメンバーは認めている。「もちろん、みんなが競い合うにちがいないし、それが多少の摩擦を生むだろうね。こんなすごいイベントの一部になれるのは個人的に誇らしいことだ」フレディ・マーキュリーはそう語った。
　ライヴ・エイドの３日まえ、〈クイーン〉はショー・シアターを借り切って、集中的なリハーサルに打ちこんだ。選び抜いた最も人気のある６曲を20分という決められた時間内に押しこむのに四苦八苦した結果、何曲かを短く詰め、ほとんど途切れなく繋がるメドレーのような構成になった。

　〈クイーン〉はヘッドライナーとして出番を最後に持ってきてくれとは要求せず、代わりに、午後６時からのスロットを要請した。これはイギリスでテレビの視聴率が最も高くなる時間、アメリカでは次々に登場する大物バンドの演奏に視聴者が飽きるまえの、完璧な時間帯だった。
　彼らはいつものステージ機材なしでパフォーマンスをしなればならなかったが、見事、人々の度肝を抜くエネルギッシュなライヴ・パフォーマンスを披露した。「ボヘミアン・ラプソディ」から、「RADIO GA GA」「ハマー・トゥ・フォール」「愛という名の欲望」「ウィ・ウィル・ロック・ユー」、そして「伝説のチャンピオン」と　気に歌いあげる〈クイーン〉に、観衆は熱狂した。大興奮したのは、ほかの参加者も同じだった。エルトン・ジョンは彼らの出番が終わった直後、

ライヴ・エイド

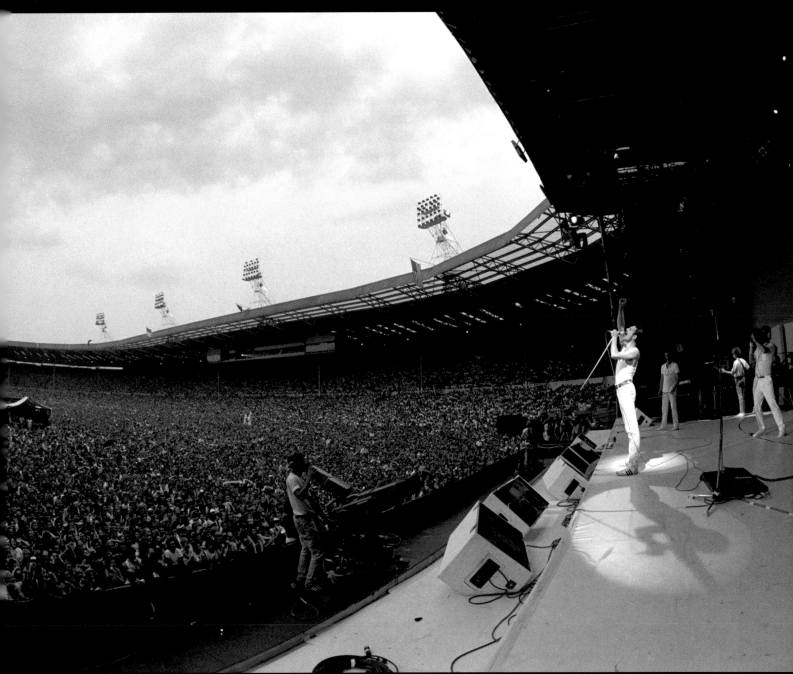

「伝説のチャンピオン」。ライヴ・エイドはフレディが最も輝いたステージのひとつだった。

「美味しいところを全部持ってったな！」と叫びながら〈クイーン〉の楽屋へ駆けこんだ。
　さらに嬉しいことに、フレディとブライアンはフィナーレの一部として午後9時45分に再びステージに登場し、「悲しき世界」を演奏した。フレディはテレビのインタビューでこうコメントしている。「『悲しき世界』は、まるでこのイベントのために書かれたみたいな曲だよね。実際はそうじゃなかったが、あのイベントにぴったりだった」
　〈クイーン〉のパフォーマンスに対する反響はすさまじく、これまでリリースされたシングルやアルバムが世界中で飛ぶように売れた。〈フー・ファイターズ〉のデイヴ・グロールは、こう語っている。「ライヴ・エイドはとてつもなく大規模なイベントだった。いったいど

れだけの数のバンドがあれに参加したと思う？〈クイーン〉はそのすべてを食ってしまった。ほかの参加アーティスト全部をね。そして世界一すごいバンドだと見せつけてステージを去った。まったく信じられないことだよ。彼らがあれほどすごい理由は、あのライヴ・パフォーマンスにある。ロック史のなかでも最高のバンドのひとつとして認められるべきだね。あそこまで観客と心を通わせられるんだから」
　〈クイーン〉のライヴ・エイドのステージは、2005年にイギリスのテレビ局チャンネル4が行った世論調査で"史上最高のコンサート"の称号を獲得した。あれを上回るライヴ・パフォーマンスを想像するのは至難の業だ。

# A Kind of Magic
## ALBUM『カインド・オブ・マジック』

見事な復活を果たした1985年を終え、新しい年を迎えた1月、〈クイーン〉は将来の計画を練りはじめた。この年は映画『ハイランダー　悪魔の戦士』のサウンドトラックが仕事初めになる。映画のために作られた曲はのちにアルバム『カインド・オブ・マジック』へと進化することになった。

1986年のアルバム、『カインド・オブ・マジック』。

1985年、ドイツのミュージックランド・スタジオで話し合うロジャーとフレディ。
ロジャーの横にプロデューサーのマックがいる。

1986年は、メンバー全員がそれぞれ、多岐にわたるソロ活動を実らせた年でもあった。ロジャー・テイラーは風変わりな曲をふたつ生みだし、ヒットを飛ばした。ひとつ目はテレビ俳優ジミー・ネイルが歌う「Love Don't Live Here Anymore」、ふたつ目はファーガル・シャーキーが歌う「Loving You」である。テイラーはバーミンガムのロックバンド〈マグナム〉もプロデュースした。ジョン・ディーコンはと言えば、〈ホット・チョコレート〉のエロール・ブラウンと一緒に曲を書いた。

フレディ・マーキュリーはドイツの映画『Zabou』（日本未公開）に1曲（「Hold On」）を提供し、歌っている。またアメリカのロックンローラー、ビリー・スクワイアのアルバム、『イナフ・イズ・イナフ』に参加した。ジョン・ディーコンも、映画『ビグルス　時空を超えた戦士』のために1曲（「No Turning Back」）書き、プロデュースもこなして、ちょっぴりソロ活動を楽しんだ。ブライアン・メイは私生活の問題を解決しようとしていた。

『カインド・オブ・マジック』の制作は、実を言えば前年の9月、ライヴ・エイドに触発されて作った曲をレコーディングしようと、メンバーがミュンヘンに集まったときに始まっていた。全員がクレジットされているものの、「ONE VISION－ひとつだけの世界－（One Vision）」のアイデアを生みだしたのはロジャー・テイラーである。マーティン・ルーサー・キングの伝説の演説「わたしには夢がある」にインスピレーションを受け、ライヴ・エイドの少しまえに思いついたのだった。この曲は、『カインド・オブ・マジック』の先行シングルとして発売され、アメリカでは61位、イギリスでは7位にチャートインした。

ラッセル・マルケイ監督の『ハイランダー　悪魔の戦士』（1986年）のサウンドトラックを依頼された〈クイーン〉は、楽曲の質を高めるため、ほかのミュージシャンやオーケストラをスタジオに呼び寄せることにした。スティーヴ・グレゴリーのアルト・サックス・ソロと様々なシンセサイザーをフィーチャーしたジョン・ディーコン作「愛ある日々（One Year Of Love）」は、その一例である。編曲者で映画のスコアを担当した作曲家のマイケル・ケイメンは、ブライアン・メイの「リヴ・フォーエヴァー（Who Wants To Live Forever）」に、ナショナル・フィルハーモニック・オーケストラによる美しいアレンジを加えた。彼らは4人が同時に異なる曲に取りかかるという昔の方法を用いて、ミュージックランドとスイスのモントルーにあるマウンテン・スタジオ、ロンドンの数か所のスタジオでレコーディング作業を進めた。フレディとジョンはラインホルト・マックと、ブライアンとロジャーはデイヴ・リチャーズとレコーディングに励んだ。また、〈クイーン〉のツアーでキーボードを担当したスパイク・エドニーも参加している。

アルバムの制作に取りかかってからは、サウンドトラック・アルバムにする案は却下されたものの、『カインド・オブ・マジック』は映画『ハイランダー』の"非公式のサウンドトラック"だと言われることが多い。アルバムの曲はどれも映画より長く、アレンジも異なっているとはいえ、収録されている9曲のうち、6曲が『ハイランダー』で使われているからである。

ブライアン・メイが作詞・作曲し、ブライアンとフレディの両方が主旋律を歌う「リヴ・フォーエヴァー」は、パワフルなバラード。「ギミ・ザ・プライズ（Gimme The Prize [Kurgan's Theme]）」はブライアンの作曲した「フラッシュのテーマ」の芝居がかった力強いロックを想起させる。フレディも「プリンシス・オブ・ザ・ユニヴァース（Princes Of The Universe）」で重厚なロック魂を取り戻すとともに、「心の絆（Friends Will Be Friends）」で"売れ筋"のフレーズをしっかりと取り入れている。

『カインド・オブ・マジック』に収録された曲の多くが、メンバーた

1986年9月、ロンドンのイーストエンドにあるタバコ・ワーフ・スタジオで行われた「リヴ・フォーエヴァー」のプロモーション・ビデオの撮影風景。

1986年7月5日、アイルランドのダブリン近郊にあるミーズ州スレイン城で、9万2,000人の観客を前にコンサートを行う〈クイーン〉。

左上：1985年、ドイツのミュージックランド・スタジオでレコーディング中のブライアン。
右上：1985年、ミュージックランド・スタジオでドラムセットを前にしたロジャー。
左下：1985年、ミュージックランド・スタジオで、珍しくドラムセットの前に座ったジョン。
右下：1986年8月、ネブワース・パークで催された『マジック』ツアー終了パーティで、泥レスリングをする女性たち。

ちが観た『ハイランダー』の初期映像にインスピレーションを得ている。テイラーの「ドント・ルーズ・ユア・ヘッド（Don't Lose Your Head）」もそのひとつだ。この曲のバック・コーラスにはジョーン・アーマトレイディングが加わった。映画の不死身の主人公たちを唯一死にいたらしめる方法が、首を切り落とす事であることからこのタイトルが付けられた。とはいえ、タイトル曲となったのは、テイラーの力作、「カインド・オブ・マジック（A Kind Of Mmagic）」である。この曲には、歯切れがよく、グルーヴ感にあふれ、非常に覚えやすいという、彼が〈クイーン〉のために書く曲に欠かせない特徴がすべて揃っている。1986年3月に発売されたこのシングルはイギリスで第3位になった。

ラッセル・マルケイがこのシングルのために撮影したプロモーション・ビデオが、売り上げにひと役買ったことは間違いない。そのなかでは、マジシャンに扮したフレディが、3人の浮浪者（バンドのほかのメンバー）をミュージシャンに変えていく。アルバム『カインド・オブ・マジック』は、6月にリリースされるとイギリスのアルバム・チャートで1位を獲得し、世界中で何百万枚も売れた。

1986年5月、〈クイーン〉はヨーロッパのメガ・スタジアムを回るツアーに備えてリハーサルをはじめた。これには、ウェンブリー・スタジアムで行う2晩のライヴと、ニューカッスルのセント・ジェームズ・パーク、マンチェスターのメイン・ロード、ダブリン郊外のスレイン城で行うコンサートも含まれていた。ツアーのチケットが数時間で完売すると、彼らはそれよりさらに大規模なコンサート会場を追加した——ハートフォード州のネブワース・パークである。

26日間にわたるツアーは、6月7日、巨大なステージセットとともにストックホルムで幕を開けた。ウェンブリーとネブワースのライヴでは、『カインド・オブ・マジック』のアルバム・ジャケットに描かれた漫画風の各メンバーを模した風船が飛ばされた。「まさに『ベン・ハー』（の豪華セット）も顔負けさ！」とロジャー・テイラーは笑った。

セットリストには、『カインド・オブ・マジック』から「ONE VISION—ひとつだけの世界—」（ライヴのオープニング）、「リヴ・フォーエヴァー」、タイトル曲「カインド・オブ・マジック」の3曲が含まれた。増えつづけるヒット曲を誇る〈クイーン〉のこと、非常に強力なセットリストとなったのは言うまでもない。「タイ・ユア・マザー・ダウン」「輝ける7つの海」「ブライトン・ロック」「ラヴ・オブ・マイ・ライフ」「ナウ・アイム・ヒア」、さらにバディ・ホリーの「ベイビー、アイ・ドント・ケア」、エルヴィス・プレスリーの「トゥッティ・フルッティ」といった伝統的なロックンロール賛歌2曲もセットリストに入った。とはいえ、こうした力強い曲のなかで、フィナーレを飾ったのはもはやライヴの定番曲ともいうべき「ボヘミアン・ラプソディ」「ハマー・トゥ・フォール」「愛という名の欲望」だった。

初日のウェンブリー・コンサートはあいにくの土砂降りだったが、ファンの熱狂ぶりはすさまじかった。ヨーロッパでも同様の反応を得たあと、彼らは再びイギリスに戻り、ネブワースの12万の観客の前に立った。これが4人揃って行う最後のライヴ・パフォーマンスとなる。〈クイーン〉がロックの領域だけに留まらないスーパースターであることの証が必要だとすれば、このツアーに勝るものはないだろう。フレディは半ば冗談めかして、冠と王様のマントを身に着けてショーを終わらせた。そう、まさに彼こそがイギリスの王だったのだ。

ステージを去るフレディが「おやすみ、よい夢を」と言ったとき、誰ひとり、彼が〈クイーン〉のライヴ活動の終幕を告げているとは思いもしなかった。まったく、なんと素晴らしい幕引きだったことか。

# Roger Taylor

## ロジャー・テイラー

1960年に初めて〈ビル・ヘイリー・アンド・ヒズ・コメッツ〉の「ロック・アラウンド・ザ・クロック」を聴いたとき、自分の天職はこれだ、とロジャーは感じた。

1978年後半、北米の『ジャズ』ツアー。

ロジャー・メドウス・テイラーは、1949年7月26日、ウェスト・ノーフォーク・アンド・キングズ・リン病院で生まれた。彼がキングズ・リンにあるゲイウッド・プライマリー・スクール（小学校）の4年生になるまえ、一家はコーンウォール半島の町トゥルーロに引っ越した。

その頃ロジャーは、いとこがギターを弾く姿に憧れ、自分も弾けるようになりたいと思ったものの、最初はウクレレで我慢しなくてはならなかった。仕方なくウクレレで基本的なコードを覚え、8歳のときに初めてバンドを組む。〈バブリング・オーヴァー・ボーイズ〉というそのバンドで、ロジャーが担当したのは……リード・ウクレレだった。「まともに楽器を弾けるやつはひとりもいなかった」〈クイーン〉のファンクラブで秘書を務めるジャッキー・ガンとバンド・アーカイビストのジム・ジェンキンズの共著『クイーン 果てしなき伝説』（東郷かおる子訳／扶桑社刊）のなかで、彼はそう語っている。ライヴ活動も行ったが、"ステージ"に立って、ビーン、ビーンと調子はずれのコードを弾いていただけさ。ひどいものだった」。やがて若きテイラーはギターに夢中になり、初めてのギターを8ポンドで手に入れた。

トゥルーロ大聖堂学校の音楽奨学金を得て聖歌隊の一員となったロジャーは、そこでほかの人々と別のパートを歌うときの基本を学ぶ。これが、のちに非常に役立つ貴重な経験となった。頭もよかったロジャーは誉れ高き私立校であるトゥルーロ校に進学し、やがてギターに飽き、ドラムを叩きはじめた。こちらでスネアドラムを、あちらでハイハットを、という具合に少しずつ各パーツを手に入れ、1961年に父からベースドラムとトムトムをもらい、最後に古いジルジャンのクラッシュ・シンバルを買って、ようやく最初のドラムセットが完成した。2年後、初の"本格的"なバンド、〈カズン・ジャックス〉でドラムを叩きはじめる。

いつかロックスターになるという自信はあったものの、安定したキャリアのためには教育が重要だという両親の教えにしたがい、ロジャーは勉強を続けることにした。とはいえ、反抗期のしるしはすでに現れはじめていた。学校の誰よりも長く伸ばしたブロンドの髪に、端正な顔のロジャーは、静かなトゥルーロの町では目立つ存在だった。

その後、別のバンドに入るたびに経験を積み、1965年には、〈ジョニー・クエイル＆ザ・リアクションズ〉に加わった。バンドは"ロック＆リズム・チャンピオンシップ"というコンテストで4位に入賞。同年9月にバンドのボーカリストが抜けたため、ロジャーは〈ザ・リアクション〉と改名したそのバンドで、ボーカリストとしての力量を発揮するチャンスを手に入れた。

ドラム演奏をしながら歌うのは決して簡単ではなかったが、ロジャーはそれをマスターした。翌年、ロジャーをボーカルに、〈ザ・リアクション〉は同じコンテストに申しこみ、今回は見事、優勝を果たした。

この優勝がきっかけとなり、ライヴのチャンスがたくさん舞いこみ、新進気鋭だった〈ティラノザウルス・レックス〉〈スレイド〉、リッチー・ブラックモアといった優れたアーティストたちの前座で演奏するチャンスも転がりこんできた。

## ロジャー・テイラー

〈クイーン〉のプライベート機の機内。1978年の北米ツアーより。

プレイボーイな外見とは裏腹に、テイラーは勉強に積極的に取り組み、卒業時には7つのOレベルと3つのAレベルを修得していた。とはいえ、何よりも愛しているのは音楽だった。彼はロックスターになる夢を実現するため、1967年にロンドンに出る。一応、教師たちのアドバイスにしたがってロンドン・ホスピタル・メディカル・スクールで歯学を学びはじめたものの、シェパーズ・ブッシュのフラットに移ったときには、残りの人生を歯科医として過ごすのはごめんだとすでに決めていた。そんなある日、フラットをシェアしているレス・ブラウンが、インペリアル・カレッジの掲示板で"ドラマー求む"という広告を見つけ、連絡先が書かれたカードを持ち帰ってくれた。ロジャーが電話をかけたその相手こそ、ブライアン・メイである。

ブライアンとバンド仲間のティム・スタッフェルは、翌日オーディションのためにロジャーのフラットにやってきた。トゥルーロにドラムセットを置いてきたロジャーが叩いたのはボンゴだったが、その上手さに感銘を受けたブライアンは、その場で彼をバンドに迎え入れた。

3人とも資金はほとんどなかったが、トゥルーロ時代同様、ロジャーは"面白いことをやってのける、カリスマ性のある男"という評判を築く。彼がフレディ・マーキュリーと会ったのも、ティムを通してだった。ふたりはあっという間に意気投合し、服装のスタイルやロックンローラーの外見に関して共通点も多かったことから、ケンジントン・マーケットに絵やお洒落な服を売る屋台を一緒に出すことにした。自分の未来は間違いなく音楽業界にあると確信したロジャーは、歯学の勉強を断念する(とはいえ、のちに大学に戻って生物学の学士号を取った)。

ロジャーは〈スマイル〉のステージ・パフォーマンスを固めるため、コーンウォール地方のライヴをいくつかお膳立てする。その後バンドが〈クイーン〉に進化したあとも、彼らはコーンウォールを訪れた。チケットには、"ロジャー・テイラー&クイーン"と書かれ、自分の名前をバンド名よりも大きな文字にして、"コーンウォール出身の伝説のドラマー"という謳い文句をつけた。この謳い文句はいまも語り継がれている。

ロジャー・テイラーは常に、〈クイーン〉というグループのサウンドに大きな影響を与えてきた。とくに、「ボヘミアン・ラプソディ」や「愛にすべてを」の厚みのあるコーラスでは、学校の聖歌隊で高音パートを歌った経験が大いに役立った。また、「RADIO GA GA」や「カインド・オブ・マジック」「輝ける日々」といったシングルでは、売れ筋のキャッチーな曲を作れる才能が光っている。彼が根っからのロックンローラーであることは、「アイム・イン・ラヴ・ウィズ・マイ・カー」や「モダン・タイムス・ロックン・ロール」「テニメント・ファンスター」「シアー・ハート・アタック」といった曲を聴けば明らかだ。

音楽とライヴ・パフォーマンスに大きな情熱を抱くロジャーは、メンバーのなかでは最も精力的にソロ活動を行い、4枚のアルバムを出している。1986年に行われた『マジック』ツアーのあとは、自分のバンド〈ザ・クロス〉を結成し、さらに3枚のアルバムをリリースした。〈ザ・クロス〉は〈クイーン〉がコンサート活動から退いたあともライヴを続けられるようにロジャーが結成したバンドで、彼はリード・シンガーとしてバンドのフロントマンを務め、リズム・ギターも弾いている。

〈ザ・クロス〉は1993年に解散したが、ロジャーはライヴ活動を続け、〈クイーン+ポール・ロジャース〉のツアーでは再び大観衆の前で演奏するのを思う存分楽しんだ。あり余るクリエイティヴな才能に恵まれた、じっとしていられない男——ロジャーのことだ、今後もいろいろと楽しませてくれることだろう。

> 「最高のバンドになりたい、とみんなでよく言ったものさ。もちろん、ふざけてだよ。だけど心の底では、みんなほんとにそうなることを願っていた。2番より1番のほうがずっとカッコいいからね」
> ——ロジャー・テイラー

1981年10月、メキシコのドールズ・ハウスのバックステージ(ライヴ中、急いで衣装を着替える場所)で仲よくカメラにおさまるフレディとロジャー。

# The Miracle

## ALBUM『ザ・ミラクル』

北米ツアーなしで『マジック』ツアーを終えた〈クイーン〉は1年間、表舞台から姿を消した。バンド自体はとりたててメディアに取りあげられることはなかったものの、個々のメンバーは絶えず目を光らせているイギリスのゴシップ紙の餌食となり、頻繁に見出しを飾った。

1989年のアルバム、『ザ・ミラクル』。

　まず、〈ニュース・オブ・ザ・ワールド〉紙が、〝フレディはエイズの可能性がある〟という記事を載せた。一方、ブライアン・メイとロジャー・テイラーは、私生活で問題を抱えていた。テレビドラマ『EastEnders』(1985〜・日本未放映)で知られる女優、アニタ・ドブソンとブライアンの関係は、タブロイド紙にとって格好のネタとなり、彼は大変なストレスにさらされた。ロジャー・テイラーのほうは、自らバンドを組んだことと、結婚生活が破綻したことがゴシップの種となった。

　噂話は後を絶たなかったが、メンバーたちは私生活をできるかぎり隠そうと決めていた。彼らと一緒に働いている人々にも厳しい緘口令が敷かれたことは言うまでもない。

　この時期はビジネス面でも低迷状態が続いたが、1988年1月、メンバー全員が集まってミーティングを行い、将来の曲はすべて〈クイーン〉名義にすることを満場一致で決めた。さらに、これからは個々にではなく、別のユニットとしてでもなく、昔のように4人で一緒にレコードを作ろうと誓い合った。このミーティングは、〈クイーン〉がいまだ健在だという証となったのである。

　まもなく、12作目となるスタジオ・アルバムの制作に向けて準備が始まった。レコーディングはロンドンとモントルーで行い、エンジニアにデイヴ・リチャーズを迎えることとなる。〈クイーン〉は先を見越して10年前にモントルーのマウンテン・スタジオを購入しており、その契約の一部としてリチャーズを使う権利も手にしていたため、モントルーを押さえるのは難しくなかった。

　新ルールのもと、それぞれが作りかけていた曲のアイデアをすべて出し合って、全員が感想を言い合い、曲作りに加わった。その結果、近年にない熱意がほとばしる斬新な作品が誕生した。「全員がエゴを捨て、集まった曲のどれを採用し、どれを却下するかは、純粋に音楽的な優劣のみで決めることにした」とロジャー・テイラーは語る。

　フレディ・マーキュリーはこう付け加えた。「長いことお互いから離れていたあと、本気でもう一度バンドとして組みたければそうしよう、ということになった……そして全員が、また一緒に音楽をやりたいと心の底から感じたんだ」

　〝インヴィジブル・メン (Invisible Men)〟という仮タイトルとともに、アルバム制作が始まった。ギターが中心となる重厚な「アイ・ウォント・イット・オール (I Want It All)」の発案者がブライアンで、「カショーギの船 (Khashoggi's Ship)」がフレディの案から発展したことは、はっきりとわかる。「インヴィジブル・マン (The Invisible Man)」ではロジャー独特のポップ・ロックの感性が光り、ジョンが「ザ・ミラクル (The Miracle)」に息を吹きこむ大きな役目を担っていることもうかがえる。しかし、「素晴らしきロックン・ロール・ライフ (Was It All Worth It)」は、4人それぞれが等しく貢献した曲のように聞こえる。

「一緒に曲を作るという意味で、全員がこれほど協力し合ったのは初めてだ」フレディ・マーキュリーはあるインタビューでそう語った。「歌詞の面でも、4人全員がすべての曲に関わっている」

　こうして、ファンにとっては喜ばしいことに、中核にロック音楽を据えた、従来どおり創造性豊かな〈クイーン〉のアルバムができあがり、イギリスでは5枚のシングルがリリースされた。「アイ・ウォント・イット・オール」「ブレイクスルー (Breakthru)」「インヴィジブル・マン」「スキャンダル (Scandal)」、そして「ザ・ミラクル」である。この「ザ・ミラクル」がアルバムの正式なタイトルに決まったのは、アルバムの発売日である1989年5月22日のわずか3週間前のことだった。

　再び、目を引くアルバム・ジャケットのデザインが話題をさらった。デザインを手がけたのは、『カインド・オブ・マジック』を手がけて以来、メンバーのお気に入りとなったリチャード・グレーだ。メンバーの4つの顔をひとつに合わせたデザインが、〈クイーン〉の〝皆がひとつの目的のために〟という新しい方針を強調している。

　ツアーはまったく行わなかったため、プロモーション・ビデオとテレビやラジオを使った宣伝に重点が置かれた。ファンから好評を博したこともあり、『ザ・ミラクル』は世界中でチャート入りを果たす。リリースされた週にプラチナ・ディスクを達成し、イギリスでは初登場1位、アメリカでも24位になった。

「ザ・ミラクル」のプロモーション・ビデオでは、子役俳優が若い〈クイーン〉——ちびっこフレディ、ブライアン、ロジャー、ジョン——を演じている。曲の終盤で、ちびっこたちと大人の〈クイーン〉が一緒に演奏するこのPVは、「作るのがすごく楽しかった」とロジャーは語っている。

「ブレイクスルー」のPVでは、〈クイーン〉は走る列車の平台型客

1989年6月、「ブレイクスルー」のプロモーション・ビデオの撮影は、ハートフォード州のニーン・バレー保存鉄道の、"ミラクル・エクスプレス"と名づけられた列車の上で行われた。

車の上に作られた即席ステージでパフォーマンスをしている。このPVの撮影は、監督にハンス・ロサシェルとルディ・ドゼザル（通称、"双子の魚雷"）を迎え、ピーターバラ近郊のニーン・バレー保存鉄道の線路上で行われた。

この時期〈クイーン〉はまた、イギリスとヨーロッパのファンのためにインタビューを受けている。数年間インタビューを避けてきたフレディは、ついに殻を破り、ＢＢＣラジオ１のマイク・リードと久しぶりに正式なインタビューを行った。彼はツアーをしない理由を、「"アルバム、ツアー、アルバム、ツアー"というお決まりの手順を打破したかった」と説明し、エイズ疑惑についての質問ははねつけた。ロジャーもフレディのエイズ疑惑を真っ向から否定し、ある記者に「フレディは元気いっぱいで、普通に仕事をしてるよ」とぶっきらぼうに言い返した。

『ザ・ミラクル』の成功のあとまもなく、ついにブリット・アワードが〈クイーン〉の世界的成功を認める。スーツを格好よく着こなし、揃って1990年２月18日の授賞式に出席したメンバーは、イギリス音楽界に多大な貢献をしたアーティストを称える特別功労賞を受けとった。

フレディがまずそのトロフィーを受けとって大切そうに抱きしめ、ブライアン・メイが「グループを代表して」スピーチを行った。彼は「〈クイーン〉が大まかに"アート"と呼ぶものを気ままに」追い求める自由、「ときには非常に危なっかしく思えたにちがいない奇妙な方向に進む」自由を存分に与えてくれたことをファンに感謝した。

メンバーたちが頑なに疑惑を否定していたにもかかわらず、ブリット・アワードに姿を見せたフレディ・マーキュリーのやつれぶりに、彼の健康状態に関する噂が再燃した。しかし、メンバーは固く口を閉ざし、沈黙を守った。

彼らはまもなく、再びレコーディングを行うためスタジオに戻ることになる。

128〜129ページ：ジョン、ブライアン、フレディ、ロジャー。1989年4月、ロンドンのエルストリー・スタジオで行われた「アイ・ウォント・イット・オール」のプロモーション・ビデオ撮影中。

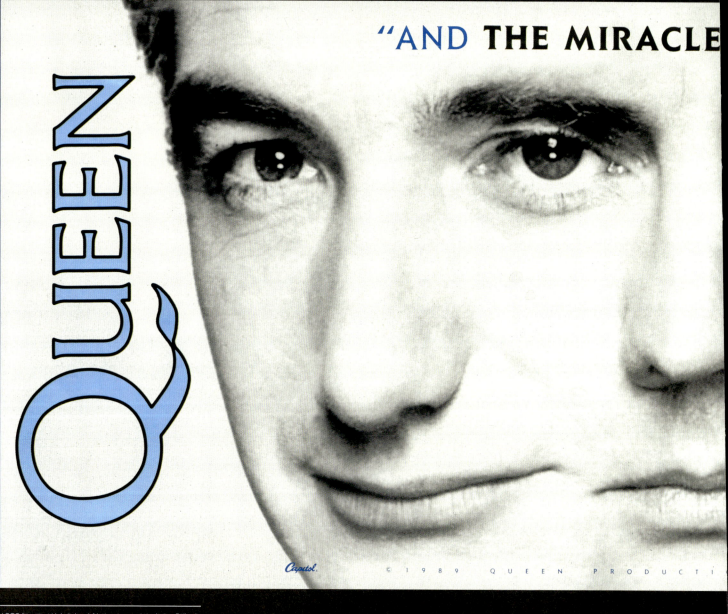

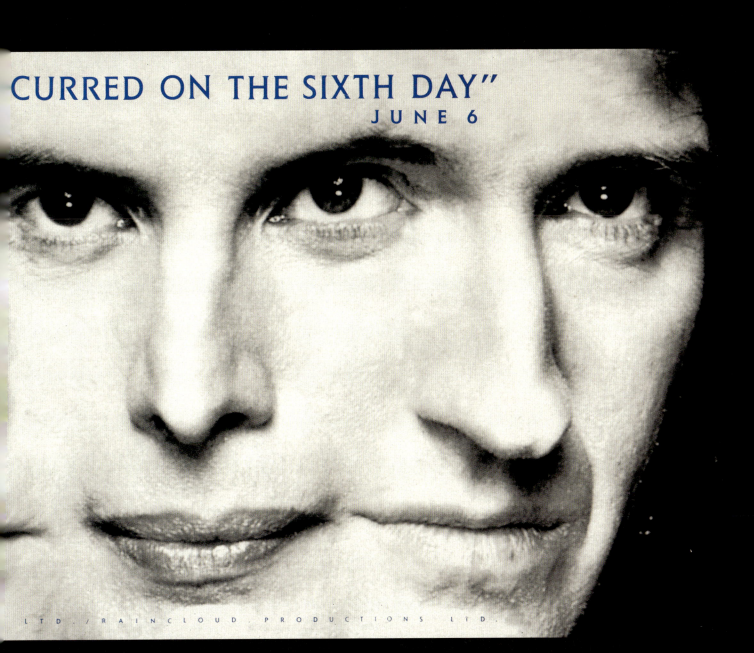

# Innuendo

### ALBUM『イニュエンドウ』

この頃になると、フレディの体調が思わしくないことは次第に顕著になっていった。ほかの3人はしばらくまえから真相を知っていたものの、決してエイズの噂を認めまいという決断がなされた。「同情から〈クイーン〉の音楽を買ってほしくないんだ」フレディは頑なにそう言いつづけた。

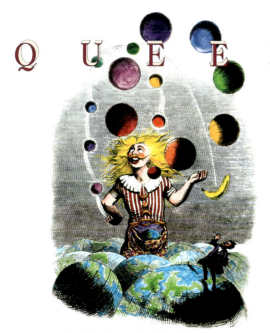

左：1991年に発売された〈クイーン〉の14枚目のスタジオ・アルバム、『イニュエンドウ』。
上：1844年にフランスの風刺画家J・J・グランヴィルが描いたオリジナルのイラスト本、『Un Autre Monde』（未邦訳）。ここからのイラストが『イニュエンドウ』のアルバム・ジャケットと、アルバムからのシングル数曲に使われた。
次ページ：1990年11月、メトロポリス・スタジオにて。

フレディは後世のファンのためにできるかぎり多くの音楽を残そうと決め、ジュネーヴ湖のほとりにある静かなマウンテン・スタジオの近くに居を移した。『ザ・ミラクル』のリリース直後にメンバー4人は揃ってレコーディング作業に入り、何週間かレコーディングしては何週間か休むという具合に、フレディの健康状態に合わせてセッションを進めていった。

「奇妙なことに」と、のちにロジャー・テイラーは語っている。「このときは曲作りが楽しくて仕方がなかった。4人揃って作業するという作り方のおかげで、素材にじっくり取り組み、より良いものに練りあげていく時間があったからね」真に人々の記憶に残るアルバムを作ろうという固い決意のもと、辛抱強くフレディのペースに合わせて進められた『イニュエンドウ』のレコーディングは、1990年11月まで、実に1年半以上かかった。

一方、ビジネス面では著しい進展があった。〈クイーン〉はこれまでの作品すべてをアメリカのキャピトル・レコードから買い戻し、新しく創設されたばかりのディズニーの子会社、ハリウッド・レコードと新たな契約を結んだのである。

『イニュエンドウ』には、〈クイーン〉の数々の傑作すべてに共通する、クリエイティヴな火花とも言うべき特性がある。優れた音楽性が光る大胆なタイトル曲（6分33秒という長さ）は、ドラマチックなイントロ、クライマックスに向けて緊迫感を増すヴォーカル、ブライアンの完璧なロック・リフ、歯切れのいいリズム・セクション、〈イエス〉のスティーヴ・ハウが奏でるフラメンコ・ギターのフレーズなど、〈クイーン〉らしくいくつかのセクションに分かれており、彼ら独特のロック調ミニ・オペラとなっている。

フレディの案から生まれた「狂気への序曲（I'm Going Slightly Mad）」は、これまた彼らしい、素晴らしくもエキセントリックな作品だ。

『イニュエンドウ』には、ブライアン・メイが本来ソロ・アルバムのために作った「ヘッドロング（Headlong）」も収録されている。〈クイーン〉の演奏により、甘いハーモニーのレイヤーと華麗なギター・サウンドが絶妙にミックスされた爽快なロックに仕上がっていることを考えると、この決断も納得である。

このアルバムに収録されたふたつの名曲は、まったく異なる方法で強く心に訴えてくる。「ショウ・マスト・ゴー・オン（The Show Must Go On）」は、「伝説のチャンピオン」と同系列のパフォーマンス・ピース。この曲でフレディは、「何が起ころうと、これを乗り越えてみせる」というメッセージを伝えてくる。しかし、フレディの病状と照らし合わせてみると、このメッセージと真っ向から対立するような「輝ける日々（These Are The Days Of Our Lives）」にこめられた悲壮感あふれる心情が、われわれをなんともやるせない気持ちにさせるのだ。

「輝ける日々」のプロモーション・ビデオを撮影する頃になると、もはやフレディの深刻な病状を隠すことは不可能になっていた。そこで、彼の衰弱した姿をぼかすため、このPVは白黒映像で公開された。誇り高く勇敢なフレディ・マーキュリーは、それでもなお、このパフォーマンスに持てるすべてを注ぎこみ、PVの最後でファンに別

1991年2月、「狂気への序曲」のプロモーションビデオの撮影で、ライムハウス・スタジオのセットに立つフレディ。

ALBUM『イニュエンドウ』

左:レコード店用の「狂気への序曲」の小型カウンター・スタンド。
右:「イニュエンドウ」のプロモーション・ビデオで使われた2枚のアニメーション用静止画。

れを告げている。

1991年1月、〈クイーン〉が「イニュエンドウ」をアルバムからの最初のシングルとしてリリースしようとすると、レコード会社は「長すぎるし、複雑すぎる。ラジオで流してもらえない」と渋った。どこかで聞いたセリフではないか？ 幸い、この懸念を見事に跳ね返し、「イニュエンドウ」は10年前の「アンダー・プレッシャー」以来初となる全英1位を獲得した。

リチャード・グレーのアートワークが使われたアルバム・ジャケットは、きわめて洗練されている。ロジャー・テイラーが見つけた19世紀の風刺画家J・J・グランヴィルの〝A Juggler Of Universes（無限の謎）〟をもとにジャケット・デザインを依頼されたグレーは、手塗りスタイルのこのイラストを思いついた。ルディ・ドレザルが監督し、20年前イーリング・アート・カレッジでフレディとともにデザインを学んだジェリー・ヒバートがアニメーションを担当した「イニュエンドウ」の印象的なプロモーション・ビデオでも、この手描きスタイルが踏襲されている。

「イニュエンドウ」は個性的すぎてアメリカ市場に適さないと判断したハリウッド・レコードは、「ヘッドロング」をシングルカット。この曲はアメリカのラジオ局で人気が出た。

今回もライヴ・ツアーは行わないため、ブライアン・メイはアメリカとカナダのラジオ局を周った。その後、ハリウッド・レコード主催のカリフォルニア州ロングビーチに停泊していたクイーン・メアリー号における『イニュエンドウ』発売イベントで、ロジャーと合流した。このイベントには、出席が叶わなかったフレディの代わりに、ウォルト・ディズニー・イマジニアリング社が作った、特殊アニマトロニクスが参加した。

優れた曲の数々と完成度の高いPV、インタビュー・ツアーという組み合わせが功を奏し、『イニュエンドウ』は世界中で大ヒットとなり、ヨーロッパの国々でトップテンに、アメリカでもトップ30に入った。

その後まもなく、フレディはまたレコーディングがしたいとメンバーに告げた。「ばったり倒れるまで作業を続けたい」、と。彼は体調によって週に2日か3日スタジオに入って新曲作りに励み、「ウインターズ・テイル（A Winter's Tale）」「ユー・ドント・フール・ミー（You Don't Fool Me）」「マザー・ラヴ（Mother Love）」を録音した。しかし、「ショウ・マスト・ゴー・オン」のシングル・リリースに続き、誰もが恐れていた知らせがもたらされる。フレディは親しい友人たちに、もう薬物治療はやめて身辺整理をする――つまり死ぬ準備をする、と告げたのだ。タブロイド紙がフレディの自宅前に24時間体制で陣取り、スクープを狙っていたが、それを手にすることはなかった。

11月23日、HIVのテストで陽性だとわかったこと、エイズであることを告白する声明を自ら発表し、フレディは厚かましいマスコミを見事に出し抜いたのである。翌日午後7時、フレディ・マーキュリーはついに病に屈し、自宅で穏やかに息を引きとった。

彼と親しかった人々はみな、避けられない結果だとわかっていたとはいえ、この知らせに計り知れないショックを受けた。ブライアン、ジョン、ロジャー、バンドのマネージャーのジム・ビーチは合同で声明を発表した。「われわれは〈クイーン〉という家族の最も偉大にして最愛のメンバーを失った。彼が逝ったことは言葉に尽くせぬほど悲しい……だが、気持ちが落ち着き次第、フレディ流のやり方で彼の生を祝福したい」

メディアは大騒ぎしたが、〈クイーン〉は沈黙を守った。残されたメンバーは、「輝ける日々」と両A面シングルで「ボヘミアン・ラプソディ」を再リリースし、エイズ支援団体テレンス・ヒギンズ・トラストに全収益を寄付すると発表した。このシングルがたちまちチャートのトップに躍り出たことは言うまでもない。これにより「ボヘミアン・ラプソディ」はイギリスで2度1位を獲得した初めての曲となった。アメリカのハリウッド・レコードもそれに倣い、このシングルの収益金をマジック・ジョンソン・エイズ支援財団に寄付し、合計およそ100万ポンドが、エイズと闘うための資金となった。

1991年は〈クイーン〉史において最も悲しい年になったとはいえ、それで終わりではなかった。「古い女王は死んだ。新しい女王、万歳！」――つまり新たな〈クイーン〉の歴史が始まったのである。

# Queen Live

## 〈クイーン〉のライヴ・コンサート

〈クイーン〉はわざとだらしない格好をすることは決してなく、1969年というまさに活動初期から服装に関しては抜群のセンスを持っていた。これには、ケンジントン・マーケットで服屋を営んでいたフレディ・マーキュリーとロジャー・テイラーの趣味の良さが大いに貢献していると言えるだろう。ケンジントン・マーケットは当時、流行の最先端をいく若者のたまり場であり、彼らはそうしたクールな若者の一部だったのだ。

**初**めて〈クイーン〉として撮られた写真でも、繊細な花のデザインが入った流行の短いジャケット姿のフレディはひときわ目立っていた。ほかのメンバーが──ロジャーでさえ──フレディと並ぶと、だらしなく見えたくらいだ。まもなくメンバーは鏡の前に集合し、イメージを変えようと決める。ジョン・ディーコンだけはとくに服装に興味がなかったものの、彼らはロックスターらしいスタイリッシュな装いという新たなイメージにすぐになじんだ。

『クイーンII』のアルバム・ジャケット以降、〈クイーン〉は自分たちのヴィジュアル・イメージを強く打ちだした。フレディとブライアンはフロントマンとして派手な服装に身を包み、ドラマチックな照明やフラッシュボム（訳註：暗い場所を撮影するため空中で炸裂させる閃光）、ドライアイスなどでライヴ演奏を引きたてた。ステージの制作費用は、人気とともに跳ねあがっていった。巨大な特注サウンド・システム、高価な照明装置、ばかでかいスクリーン、数々のパイロテクニクス、ザンドラ・ローズなどがデザインした豪華な衣装──それらにより、〈クイーン〉のライヴ・コンサートは、ドラマチックな芝居顔負けのショーに変わっていった。

**左**：1978年、全米ツアー中のバックステージ。〈クイーン〉のツアー・クローゼットのひとつ。
**左下**：王様のマントと冠のコスチュームを着けたフレディ。1986年の『マジック』ツアーでは、ほとんどのショーのクライマックスで彼のこの姿が見られた。
**下**：1978年、北米ツアーでのステージ衣装。

〈クイーン〉のライヴ・コンサート

1977年後半の北米ツアー。コンサートの開始とともに王冠の形をした照明装置がせり上がっていく。

左：1977年12月22日、クリスマスの雰囲気に包まれたＬＡフォーラム。このツアー最後のコンサートのアンコールでは、ベリー・ダンサー、トナカイ、妖精、歩くクリスマスツリー、ジンジャーブレッドマンがステージの〈クイーン〉に加わった。

下：1986年8月9日のイギリス、ネブワース・パークで行われた『マジック』ツアーのフィナーレ。フレディ・マーキュリーにとって、これが〈クイーン〉最後のコンサートとなった。

次ページ・上：〈クイーン〉は、特別な塗装を施したヘリコプターで期待に胸を膨らませる大勢の観客の頭上を飛びすぎ、ネブワース・パークに到着した。

次ページ・下：1974年3月、『クイーンII』のイギリス・ツアーの一場面。

〈クイーン〉のライヴ・コンサート

1978年、北米『ジャズ』ツアーで、「シアー・ハート・アタック」を熱演中。

　1981年に行われた初の南米ツアーのコンサートでは、通常の60人余りのクルーを地元の労働者で補強し、一からステージを組み立てたほどだった。この舞台は複雑なセットや照明装置なしで、すでに高さ30メートル、横幅42メートル、奥行き12メートルもあった。ジム・ビーチとジェリー・スティックルスが、アルゼンチンのロサリオにあるサッカースタジアムのフィールドに設営された巨大なステージを歩いていくと、驚いた市長がこう尋ねたという。「〈クイーン〉のメンバーは、いったい何人いるんだね？」巨大なステージに立つのがたった4人だとは、彼にはとても信じられなかったのだ。
　『ザ・ワークス』ツアーでは、〈クイーン〉のステージ・デザイナーがフリッツ・ラングの映画『メトロポリス』を模したセットを造った。『マジック』ツアーではそれを凌ぎ、照明をコンピューターで調整するデスクがなんと6つもある、これまでで最大のステージが建造された。セットの重さは9.5トン以上。4人揃った〈クイーン〉最後のライヴ・コンサートが行われたのも、このセットである。
　プロモーション・ビデオに対する野心も、そうしたステージセットに匹敵するほどで、彼らは頻繁にその逞しい想像力を暴走させた。『Greatest Flix I』（18作収録）と『Greatest Flix II』（17作収録）という、ふたつのビデオコレクションを出すことができたのは、おそらく〈クイーン〉だけだろう（訳註：日本では、現在『グレイテスト・ビデオ・ヒッツ』1・2としてDVD発売されている）。なんといっても、明確にプロモーションを目的とした最初のミュージック・ビデオを作ったのは彼らだったのだから、これも当然かもしれない。「カインド・オブ・マジック」のアニメーション、古きSFへのオマージュをこめた「RADIO GA GA」、有名な昼メロのパロディ「ブレイク・フリー」、「イニュエンドウ」や「狂気への序曲」といった素晴らしい想像力が光る後期のPVなど、『Greatest Flix II』にはとくに、記憶に焼きつくヴィジュアルが続々と登場する。
　1986年3月、ロンドンのチャリング・クロスにある、当時閉館されていたプレイハウス劇場で撮影された「カインド・オブ・マジック」では、フレディがマジシャンとなり、ロジャー、ブライアン、ジョンは浮浪者を演じている。監督のラッセル・マルケイは、フレディが"マジック"で彼らを仲間のバンドメンバーに変身させていく様子をコンピューター・アニメーションで表現し、メンバーの周囲にCGのバックボーカルたちを付け加えた。
　「イニュエンドウ」のビデオは長年にわたる多くのコンサートから集めた〈クイーン〉のライヴ映像を巧みに活用した完全なアニメーション作品で、アルバムのジャケットで使われたアートをもとにした粘土の人形が登場する。最初は第二次世界大戦からの映像が使われていたが、湾岸戦争の勃発によりこのシーンは削除され、フォークダンスのシークエンスに変更された。
　ティム・ポープによる「永遠の誓い」では、奇抜な衣装のぶっ飛んだフレディを中心に、バンド同様、ルイ十四世の宮廷にいるような衣装を着たエキストラたちがオペラを思わせる豪華なセットを動きまわる。ブライアン・メイが"弾いて"いる髑髏と骨のギターの制作費用はなんと1,000ポンド以上。メンバーは、フレディの衣装が"巨大なエビ

〈クイーン〉のライヴ・コンサート

みたいだと呆れた。

　外観を重要視していた〈クイーン〉は、常に、もっと規模の大きい、質のよい、より目を瞠るようなヴィジュアルを目指していた。

　1973年、〈クイーン〉がデビュー・アルバム『戦慄の王女』とともに世界を征服する旅に出たとき、多くの人々が彼らを、ライヴでは到底複雑なサウンドを再現できないスタジオ・バンドだとみなしていた。しかし、〈クイーン〉はこう考えていた──スタジオはスタジオ、ライヴはライヴ、同じ木の異なる2本の枝だ、と。

　初のツアーに出た〈クイーン〉は、まもなく──初期に何度か大失敗はしたものの──人々の懐疑的な見方が間違っていたこと、自分たちが真に実力のあるバンドであることを証明してみせた。『オペラ座の夜』のヒットで一躍世界のロックスターとなった彼らは、ライヴを許可なしにアマチュア機材で録音した海賊盤レコードが出回っていることを知る。そうした海賊盤業者にとって、〈クイーン〉は格好のターゲットだった。

　しかし、QUEEN（クイーン）の"Q"は"質（Quality）"の"Q"でもある。彼らには自分たちなりの基準があった。そこで彼らは、75ページでも述べたように、1979年の1月から3月までの欧州ツアー（『ジャズ』ツアー）の音源をもとに、1979年6月に初ライヴ・アルバムをリリースした。このアルバムを聴けば、彼らのライヴ・パフォーマンスがいかにダイナミックであったかが手に取るようにわかる。

　全22曲、2枚組のこのライヴ・アルバムの第1曲目は、「ウィ・ウィル・ロック・ユー」の最速ヴァージョン。まさに〝ライヴ・キラーズ（極上ライヴ・バンド）〟という名のとおりのパフォーマンスである。〈クイーン〉はこれらのコンサートを録音したテープを携え、購入したばかりのマウンテン・スタジオに向かった。彼ら自身のスタジオでミックスされた初アルバム『ライヴ・キラーズ』は、エンジニアにジョン・エッチェルズ、彼のアシスタントにデヴィッド・リチャーズを起用し、〈クイーン〉がセルフ・プロデュースした。

　ライヴ・アルバムは予想にたがわず好評を博し、アメリカでは250万枚売りあげ、ダブル・プラチナに輝いた。イギリスでも3位を獲得、27週間にわたりチャートに留まっただけでなく、各国でゴールド・ディスクを獲得した。

　1986年、彼らは1作目と比べると大幅に収録曲の少ない、『マジック』ツアーの模様を収録した『ライヴ・マジック』をリリースする。しかし、最後のツアーで行われた大規模ないくつかのライヴが入っていないと、編集に不満を持つファンも多かった（しかし、これが最後のツアーとなることは、レコーディングの段階ではまだわかっていなかったのだ）。『ライヴ・マジック』は欧州ツアーの4つのコンサート会場でのライヴを音源としているとはいえ、一部はネブワース・パークで行われた超大規模なパフォーマンスから抜粋されたとも言われている。

1976年9月、短いイギリス・ツアーでドラムを叩くロジャー。

1986年、『カインド・オブ・マジック』ツアーのステージで演奏するジョン。

　このアルバムは「ONE VISION―ひとつだけの世界―」の強烈なギター・コードで始まる。しかし、「ボヘミアン・ラプソディ」のオペラ・セクションはカットされ、「タイ・ユア・マザー・ダウン」の2番も省かれた。しかも、「悲しい世界」と「伝説のチャンピオン」とも、1番とワンコーラスしか収録されていなかった（アルバムのCDヴァージョンでは2曲とも完全版を収録）。しかし、ファンはこのアルバムに満足したようで、イギリスでは3位になり、チャートに44週間も留まった。

　初アルバムと同じく2枚組でリリースされた『クイーン・ライヴ!!ウェンブリー1986（ライヴ・アット・ウェンブリー・スタジアム）』は、〈クイーン〉のコンサートの熱気をより的確に捉え、他の追従を許さぬ素晴らしい歌と演奏を聴かせている。フレディが死去した翌年の1992年5月にリリースされたこのアルバムを聴くと、彼がどれほど偉大なショーマンだったか、あらためて痛感せずにはいられない。

　全27曲からなるこのアルバムは、「ONE VISION―ひとつだけの世界―」と「タイ・ユア・マザー・ダウン」で華々しく幕を開け、ブライアン・メイの名曲へのオマージュ、「ゴッド・セイヴ・ザ・クイーン」まで嵐のように駆け抜ける。世界中のファンが聴き惚れた『クイーン・ライヴ!!ウェンブリー1986』は、全英チャートで2位となった。

　1980年代初期には、〈クイーン〉は自分たちのライヴ音源のすべてを聴きなおし、そのなかからファンに聴かせたいと思う最良のものを選ぶようになっていた。『ホット・スペース』ツアーのさなかにあたる1982年6月5日にミルトン・キーンズで催されたライヴから25曲を収録した2枚組アルバム『オン・ファイアー／クイーン1982』は、「フラッシュのテーマ」「ザ・ヒーロー」から始まり、「ウィ・ウィル・ロック・ユー」の高速ヴァージョンへと突き進んでいく。〈クイーン〉は昔からテンポの速いエネルギッシュな曲でコンサートをはじめるのが得意なバンドであり、このライヴも例外ではなかった。

　『ホット・スペース』が不発に終わったあと、ブライアンはライヴで同アルバム収録曲のギター・パートをことさら激しく演奏した。おそらくそうやってアルバムに抱いている苛立ちを和らげようとしたのだろう。このミルトン・キーンズでのコンサートは録音だけでなく撮影もされ、フレディ、ブライアン、ロジャーのバックステージ・インタビューなどの特典映像も収録されて、DVDとしても発売されている。

　もう1枚のライヴ・アルバム『伝説の証／クイーン1981』は、『ザ・ゲーム』ツアー中、ケベック州モントリオールのフォーラムで行われたコンサートを音源に構成されている。これはフレディがどれほど熱心に盛りあげようとしても、観客がまったくのってこなかったことで有名なコンサートだが、それでも〈クイーン〉のパフォーマンスの素晴らしさは十二分に堪能できる。また、コンサートの模様は映画としての公開を念頭に置いて撮影されていたため、音質に関してもいっそう注意が行き届いている。

　〈クイーン〉はこれにより、フル・シネマ・フォーマットとなる35mmフィルムでコンサート全体を撮影した初のバンドとなった。当初「ウィ・ウィル・ロック・ユー」と呼ばれたこの映画は、まず1983年5月のカンヌ映画祭で上映された。アルバムには28曲が盛りこまれ、3枚組のレコードとCDというふたつのフォーマットでリリースされた（訳註：『伝説の証～ロック・モントリオール1981&ライヴ・エイド1985』のタイトルでDVDとBlu-rayも発売されている。映像版は26曲収録）。

　見事なライヴ・パフォーマンスの数々は、〈クイーン〉がのちの世代に残した遺産と言えるだろう。彼ら自身がこれらのライヴ・アルバムを気に入っていたかどうかは別にして、ひとたび聴けば――いまさら証明する必要もないが――〈クイーン〉が非常に質の高い演奏で観客を魅了するハードロック・バンドだったことに疑いの余地はない。

〈クイーン〉のライヴ・コンサート

1982年、『ホット・スペース』欧州ツアーのステージで演奏するブライアン。

# The Freddie Mercury Tribute Concert
## フレディ・マーキュリー追悼コンサート

フレディ・マーキュリーの訃報は、〈クイーン〉のファンのみならず、世界中の音楽を愛する人々、さらには多くの一般大衆に大きな衝撃をもたらした。その後、フレディの家はロンドンを訪れるファンが巡礼する聖地となった。

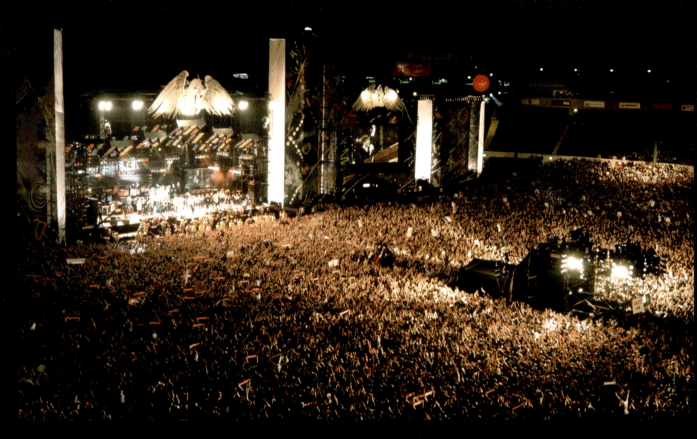

　フレディの死の直後、残った3人のメンバーは、フレディを永久に失ったという事実を受け入れられずにいた。ブライアン・メイは自分のソロ・アルバム『バック・トゥ・ザ・ライト～光に向かって』から「ドリヴン・バイ・ユー（Driven By You）」を先行リリースする予定にしていたが、フレディの健康が悪化の一途をたどっていたことから、万一の場合、フレディの死を金儲けに利用したとみなされるのを恐れ、延期しようと考えていた。しかし、フレディはだからこそ、いまリリースすべきだ、と主張した。「これ以上の宣伝があるかい？」と。そこで、ブライアンは予定どおりに発売に踏み切り、このシングルはイギリス、アメリカの両国で大ヒットとなった。

　残されたメンバーは、亡きフレディの天性の才能を偲ぶ方法を探った。そして適切な期間、喪に伏したあと、事実上、特大規模の追悼式となる企画を発表した。

　1992年2月12日、ブリット・アワードの授賞式において「輝ける日々」が1991年度の最優秀シングルに選ばれると、残った3人のメンバーは舞台に上がって賞を受けとった。その後、死去したフレディに贈られた特別賞を受けとった3人は、亡きフレディの生を記念した大規模なコンサートを行うと発表する。こうして1992年4月20日のイースター・マンデー（訳註：復活祭翌日の月曜日で、イギリスでは休日となる）に、ウェンブリー・スタジアムで、フレディ・マーキュリーの死を悼むライヴ・エイド形式の音楽の祭典が行われることになった。その収益金はすべて、新たに創設されたマーキュリー・フェニックス・トラスト（エイズ撲滅のために闘う世界規模の財団）に寄付され、イギリスだけでなく全世界のエイズ・プロジェクトの支援に使われることも、合わせて発表された。ゲスト・アーティストの勧誘に精力的に取り組んでいたロジャー・テイラーは、こう訴えた。「フレディの生と功績を称え、祝うコンサートに、みなさんが加われることを願っています。多くの友人が参加してくれる予定です。みなさん全員を歓迎します」と。

　翌日発売が開始されたチケットは、わずか6時間（訳註：3時間という説もある）で完売。この追悼ライヴは前代未聞の一大イベントとな

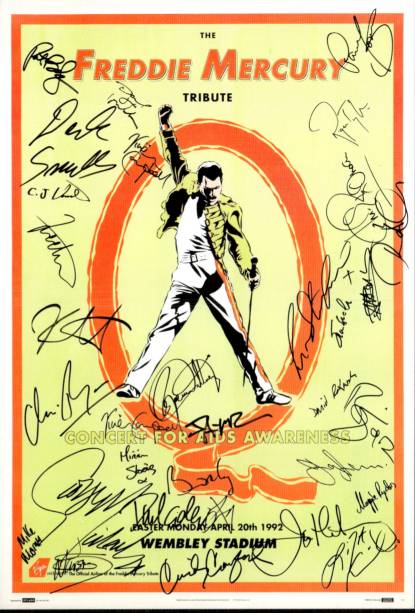

前ページ：1992年4月20日、ロンドンのウェンブリー・スタジアムで行われたフレディ・マーキュリー追悼コンサートのフィナーレの模様。
いちばん上：追悼コンサートのオープニング。ウェンブリーに集まった観客の前に立つロジャーとブライアン。
上：ライザ・ミネリ（左から2人目）と参加者が「伝説のチャンピオン」を歌うフィナーレ。
右：参加アーティストのほぼ全員のサインが入った追悼コンサートのポスター。

り、世界各国で中継されることになる。

　数日後、〈クイーン〉が発表したラインアップには、一流のミュージシャンがずらりと名を連ねていた。デヴィッド・ボウイ、ジョージ・マイケル、〈ガンズ・アンド・ローゼズ〉〈メタリカ〉〈デフ・レパード〉、アニー・レノックス、シール、リサ・スタンフィールド、エルトン・ジョン、ライザ・ミネリ、ポール・ヤング、ズッケロ、オジー・オズボーン、トニー・アイオミ、ボブ・ゲルドフ、ロジャー・ダルトリー、ミック・ロンソン、イアン・ハンター、〈エクストリーム〉〈ロンドン・コミュニティ・ゴスペル・クワイア〉……そして〈スパイナル・タップ〉まで、まさに豪華メンバーだ。

　コンサートの前半は、これらのアーティストがそれぞれ短いパフォーマンスを行う。後半は、ロック界を代表するミュージシャンたちがフレディに代わってボーカルを務める、唯一無二の〈クイーン〉のコンサートである。

　〈デフ・レパード〉のジョー・エリオットと〈ガンズ・アンド・ローゼズ〉のギタリスト、スラッシュが〈クイーン〉とともに「タイ・ユア・マザー・ダウン」を、レッド・ツェッペリンのロバート・プラントがまるで彼のために書かれたかのように「愛という名の欲望」を熱唱し、デヴィッド・ボウイとアニー・レノックスは甘くささやくように「アンダー・プレッシャー」をデュエットした。

　駆け出しの頃、〈モット・ザ・フープル〉のサポート・バンドを務めたことを偲んで、〈クイーン〉はイアン・ハンターとミック・ロンソン、この曲を書いたデヴィッド・ボウイとともに「すべての若き野郎ども（All The Young Dudes）」で共演した。ジョージ・マイケルはまるで自分の持ち歌のように「愛にすべてを」を見事に歌いあげた。エルトン・ジョンとアクセル・ローズが「ボヘミアン・ラプソディ」を歌うのを、フレディもさぞ見たかっただろう。それに〈クイーン〉の演奏をバックにライザ・ミネリがディーヴァらしく堂々と歌う「伝説のチャンピオン」には、興奮を隠しきれなかったにちがいない。この華々しい追悼コンサートは、参加者全員による「ゴッド・セイヴ・ザ・クイーン」とともに幕を閉じた。

　これはまさに、フレディの才能を記念するのにふさわしいコンサートだった。そしてまた、エイズという病と、それが世界中の人々におよぼす壊滅的な影響に理解を促すという当初の目的も果たし、マーキュリー・フェニックス・トラストは数百万ポンドもの資金を得て活動を開始することになった。

145

# Made in Heaven
## ALBUM『メイド・イン・ヘヴン』

ウェンブリーで行われる追悼コンサートの準備に没頭していたメンバーたちは、コンサートが終わってみると、これまで21年におよぶレコーディング作業とツアーとプロモーション活動から解放され……突然、空白のなかに取り残された。〈クイーン〉はもはや存在しないのだ。ロジャー・テイラーとジョン・ディーコンは休暇をとり、ブライアン・メイはソロ・アルバム『バック・トゥ・ザ・ライト〜光に向かって〜』をリリースすると同時にワールド・ツアーに出た。

1995年に発売されたアルバム、『メイド・イン・ヘヴン』のジャケット写真。

しかし、彼らにはフレディが死ぬ間際までがむしゃらにレコーディングしていた未完成曲を仕上げるという仕事が残っていた。さらには4人全員でレコーディングした新曲もスタジオで眠っている。1994年の春、3人となった〈クイーン〉は、ようやくそうした曲と向き合う心の準備ができたと感じた。

実際、手元には1枚のアルバムを作れるほどの素材があった。フレディは死ぬ直前までメンバーたちに自分を「最大限に利用しろ」と言い張り、日に日に弱る体に鞭打って、最後のレコーディングに持てるエネルギーをすべて注ぎこんでいたのだ。まず、ロジャー・テイラーとジョン・ディーコンが残された曲を聴いた。「フレディの声をまた聴くのは、なんとも奇妙だった。アドリブや気の利いたセリフを連発する彼自身がそこにいないから、なおさらそう感じた」ロジャーはそう語っている。

ブライアン・メイは最初、このアルバムを完成させることに乗り気ではなかった。だが、フレディがレコーディングしたものを完成させようとしているロジャーとジョンを見て、いつもの職人気質が頭をもたげ、できるかぎり最高のアルバムを作ろうと決意して作業に没頭した。「作るなら、〝〈クイーン〉のアルバム〟と呼べるものにしたかった。クオリティの面でも手抜きはしたくなかったんだ」と彼は言った。「ジグソーパズルのピースをひとつひとつはめ込んでいくような作業だった」

フレディはバラード調の「ウインターズ・テイル（A Winter's Tale）」の歌詞を書きあげ、曲のほかの部分が完成するまえに、歌だけをレコーディングしていた――こういう方法をとるのは、それまで一度もなかったことだ。また、ブライアン・メイと共同で書きあげた「マザー・ラヴ（Mother Love）」に関しては、〈クイーン〉の昔の曲から抜粋した編集済みのサンプルがたっぷりレコーディングされていた。ほかのメンバーのソロ・アルバムの曲をフレディが歌っているものもあれば、過去のセッションを手直しした曲もあった。「ヘヴン・フォー・エヴリワン（Heaven For Everyone）」はもともとロジャー・テイラーのバンド〈ザ・クロス〉のアルバム、『夢の大陸横断』の収録曲、「レット・ミー・リヴ（Let Me Live）」はアルバム『ホット・スペース』の制作中にレコーディングした曲を手直ししたものだ。「マイ・ライフ・ハズ・ビーン・セイヴド（My Life Has Been Saved）」はシングル「スキャンダル」のカップリング曲だった。

フレディのソロ・アルバム『Mr.バッド・ガイ』から選ばれた「メイド・イン・ヘヴン（Made In Heaven）」と「ボーン・トゥ・ラヴ・ユー（I Was Born To Love You）」は、〈クイーン〉らしいアレンジを加えて収録。「トゥ・マッチ・ラヴ・ウィル・キル・ユー（Too Much Love Will Kill You）」は、ブライアンとフランク・ムスカー、エリザベス・レイマーの共作で、アルバム『ザ・ミラクル』のためにレコーディングされたものの、当時ブライアンが、ムスカーとレイマー側との権利関係の問題により収録を断念した曲だった。ブライアンはこの曲をソロ・アルバム『バック・トゥ・ザ・ライト〜光に向かって〜』用にもレコーディングしている。

アルバムのタイトルを考えてほしいと依頼された〈クイーン〉のファンクラブは、『メイド・イン・ヘヴン』という名を思いつく。『メイド・イン・ヘヴン』はほとんどの国でナンバーワンとなり、多くのプラチナ・ディスクを獲得した。イギリスでは、同アルバムから5曲がシングル・チャートでトップ20入りしている。

ALBUM『メイド・イン・ヘヴン』

1997年10月、ブレイ・スタジオで行われた「ノー・ワン・バット・ユー (No-One but You)」のプロモーション・ビデオ撮影から。ブライアン、ロジャー、ディーコン——フレディの姿は……ない。

　2001年3月19日、〈クイーン〉がニューヨークで"ロックの殿堂"入りを果たしたとき、まさに「古い女王は死んだ。新しい女王、万歳！」という言葉どおり、彼らは新生〈クイーン〉としての歴史を刻んだ。翌2002年、ハリウッド・ウォーク・オブ・フェームの星を授与されるという破格の名誉に浴し、アメリカ国籍を持たないわずかひと握りのアーティストの仲間入りをした。2003年には、4人のメンバー全員が"ソングライターの殿堂"入りを果たした。
　『メイド・イン・ヘヴン』のあと、ジョン・ディーコンが最後にステージに立ったのは、モーリス・ベジャールの『バレエ・フォー・ライフ』の初演だった。これはフレディ・マーキュリーと、ベジャール・バレエ団のリード・ダンサーだったジョルジュ・ドンを追悼し、『クイーン』とモーツァルトの楽曲を使って作られた作品だ。1997年1月にパリで初演されたこの舞台では、エルトン・ジョンが〈クイーン〉の3人に加わり「ショウ・マスト・ゴー・オン」を歌った。デヴィッド・マレット監督が映像化したこのバレエ作品は、モントルー・テレヴィジョン・フェスティバルでゴールデンローズ賞を勝ちとった。その後ジョン・ディーコンは音楽業界からほぼ引退したが、〈クイーン〉の名がつくこれまでの企画すべてに賛同している。

1979年12月の、イギリスでの"クレイジー"・ツアーのチケット完売を伝えるポスター。

# The Legacy Continues
## 〈クイーン〉の遺産よ、永遠に

1997年、ジム・ビーチは、ニューヨークを拠点とするロバート・デ・ニーロのトライベッカ・プロダクションズとともにミュージカルの企画を実現させようと早くも動きだしていた。やがて本格的なワークショップが始まったものの、ブライアンとロジャーが脚本を気に入らなかったため、このプロジェクトは棚上げされた。

その後、イギリスの有名コメディアンにして劇作家、脚本家、小説家でもあるベン・エルトンが〈クイーン〉に連絡を入れ、ミュージカル『ウィ・ウィル・ロック・ユー』が実現に向けてスタートを切った。このミュージカルは初演以来、ウエスト・エンドのドミニオン劇場で観客動員数の記録を破りつづけ、2011年3月には高名なローレンス・オリヴィエ賞の観客賞を受賞した。ミュージカル『ウィ・ウィル・ロック・ユー』はイギリス本土だけでなく、アメリカ、カナダ、スペイン、オーストラリア、ニュージーランド、香港、日本、韓国、南アフリカ共和国、ドイツ、オーストリア、スイス、オランダ、スウェーデン、ノルウェーでも上演され、これまでのところ1,200万人以上の人々が鑑賞している。

〈クイーン〉の曲を中心に繰り広げられる物語は、彼らの音楽魂に忠実に描かれている。ブライアン・メイは次のように語った。「〈クイーン〉の曲がミュージカルに使われるのは初めての試みだから、ぼくらは少し神経過敏になった。でも学びつつあるよ。様々な曲の断片を寄せ集めたミュージカルは、これまでいやというほど観てきた。そういうのは、うまくいかないんだ。全体を通して一本筋がないとね。ミュージカル『ウィ・ウィル・ロック・ユー』が当たったのは、そこに使われている〈クイーン〉の曲のおかげだという人々が多いが、ベン・エルトンはあのミュージカルを観客の胸を打つ作品に仕上げている。よくできたコメディであると同時に、今日の世界に対して物申している。ぼくらはロック・ミュージカルの新ジャンルを作ろうとしていたんだ」

ブライアンとロジャーは、南アフリカ共和国ケープタウンのグリーン・ポイント・スタジアムで行われた第1回目の「46664コンサート」に参加した。ロジャーはネルソン・マンデラが提唱した世界規模のエイズ撲滅運動の立ち上げイベントのために書いた「セイ・イッツ・ノット・トゥルー（Say It's Not True）」を歌った。ふたりはネルソン・マンデラの演説の直後、〈U2〉のボノ、アナスタシア、デイヴ・スチュワート、ズッケロ、〈アマンポンド・ドラマーズ〉とともにステージに立ち、コンサートを締めくくった。2005年3月19日には、同国のファンコートで行われたネルソン・マンデラの「46664コンサート」で、〈クイーン＋ポール・ロジャース〉として初めてのライヴを行った。ブライアンとロジャーはそれ以来、ネルソン・マンデラのこの運動を支援している。ブライアンはノルウェーのトロムソで、アルメニアの伝統的な縦笛ドゥドゥクの名手ジヴァン・ガスパリヤンやズッケロと共演し、2008年6月27日にハイドパークで催されたマンデラの90歳記念コンサートでは、〈クイーン＋ポール・ロジャース〉がトリを飾った。ネルソン・マンデラが「46664コンサート」のステージに立ったのはこれが最後だった。

こうして、〈クイーン〉は自分たちが決してしないと言ったことをしつづけた――フレディなしでツアーをし、もっと重要なことに、フレディなしでレコーディングを行ったのである。とはいえ、〈フリー〉のポール・ロジャースというシンガーの選択には、フレディも同意したにちがいない。「ポールはフレディのヒーローのひとりだった」とロジャー・テイラーは語る。「〈フリー〉はぼくらが駆け出しの頃、大きな影響を受けたバンドだったんだ」

〈クイーン〉がイギリスの音楽の殿堂入りを果たした式典で、ポール・ロジャースはブライアンとロジャーをバックに「ウィ・ウィル・ロック・ユー」と「伝説のチャンピオン」を歌った。ブライアン・メイは、「ポールはぼくらの曲を完全に自分のものにしていた。フレディの歌い方とはまるで違うが、それぞれの歌が持つスピリットはこもっていた」と語った。

彼らは南アフリカでのライヴとファンクラブを対象に企画した特別コンサートで〈クイーン＋ポール・ロジャース〉の反応を試し、その結果に気を良くして、ワールド・ツアーをスタートさせた。そして、アルバムをレコーディングするというさらに大きな一歩を踏みだした。「奇妙なことに、ぼくらはみんなが想像するほど〈クイーン〉の遺産に捉われてはいない」ブライアンはそう打ち明けた。「ぼくらなりに、正しいと思える選択をしているだけだ。そう言うと、あっさり割り切っているように聞こえるかもしれないけどね。フレディと一緒にやっていた頃と同じさ。ほら、"どこまでこれを突き詰められるか？"ってね」ロジャーの自宅にあるスタジオでレコーディングされ、2008年9月にリリースされたアルバム『ザ・コスモス・ロックス』は、〈クイーン〉とは異なり、〈フリー〉とも違う――両者が一体化した作品だと言える。

アルバムのリリースのあと、彼らは再び南米に戻った。そのあとには、35万人のウクライナ・ファンを前にハリコフ・フリーダム・スクエアの大規模なフリーコンサートを含む、世界を股にかけたツアーが待っていた。エレナ・フランチャックが代表を務めるANTIAIDS（反エイズ）財団と連携したウクライナのコンサートは、同国で深刻な危機になりつつあるエイズ問題を提議することが目的だった。このコンサートはウクライナ全土で放映され、その後、世界中の劇場で上映された。こうした活動により、彼らは自分たちがオリジナル・メンバーの二番煎じではないことを十二分に証明したものの、ツアー終了後、〈クイーン〉とポール・ロジャースは、この組み合わせでやれることはすべてやったと判断し、5年間の活動に終止符を打った。

2011年1月1日、〈クイーン〉は長きにわたるＥＭＩレコードとの契約に終止符を打ち、全アルバム、シングルともにユニバーサル・ミュージック傘下のアイランド・レコード社に移籍した。アイランド・レコードはロンドンでまだ駆け出しのバンドだった頃、契約したいと夢に見ていたレコード会社だった。彼らにとって、新たな時代が始まったのだ。

〈クイーン〉の遺産はいまだに受け継がれており、ファンの心のなかという最も重要な場所で不滅の位置を保っている。彼らはこれからもずっと魔法のような存在でありつづけるにちがいない。

左：2011年ロンドンのドミニオン劇場で上演された『ウィ・ウィル・ロック・ユー』のポスター。このミュージカルはローレンス・オリヴィエ賞を受賞した。
次ページ：2008年9月12日、ウクライナにおける〈クイーン＋ポール・ロジャース〉のフリーコンサート。ハリコフ・フリーダム・スクエアで行われたエレナ・フランチャックのANTIAIDS財団を支援するこのチャリティ・コンサートには、35万人が詰めかけた。

# The Next Chapter

### 新たなる章

ロンドンのレストランで、ブライアン・メイ、ロジャー・テイラー、映画プロデューサーのグレアム・キングが初めて顔を合わせたときから2019年のアカデミー賞までは、実に10年の旅となった。

「正しいと心から思えるまでは絶対に作るべきじゃない、という心構えは終始変わらなかった」とキングは語っている。「物語、キャスト、ありとあらゆるものが納得のいくものでなければならない、とね」。のちに『ボヘミアン・ラプソディ』となる映画の脚本と制作は遅々として進まなかった。しかし、『MR. ROBOT／ミスター・ロボット』の主演俳優ラミ・マレックがフレディ役に決まると、シャイなザンジバル生まれの移民であり、一世を風靡したロックスター、フレディ・マーキュリーを演じる完璧な俳優が見つかったことを関係者全員が実感した。ようやくパズルの最後のピースがはまり、全体像が見えてきたのである。他のメンバー、ブライアン・メイ、ロジャー・テイラー、ジョン・ディーコンは、グウィリム・リー、ベン・ハーディ、ジョセフ・マゼロがそれぞれ演じることになった。

『ボヘミアン・ラプソディ』を完成させたことだけでも素晴らしい功績だったが、そうしてできあがった映画はなんと、その企画を推進してきたとりわけ楽観的な人々が思い描いていた途方もない夢さえはるかに凌ぐ成功をおさめた。〈クイーン〉の『グレイテスト・ヒッツI』が史上ナンバーワンのアルバムとなったイギリスでこの映画が即座に人気を博したことは、ある程度想定内だったものの、初公開の週にアメリカでどこまで健闘するかは予測がつかなかった。しかし、関係者の不安はまったくの杞憂に終わる。公開後、『ボヘミアン・ラプソディ』は売上チャートのトップに躍り出て、わずか3日で5,100万ドル、2週目に入る頃には1億ドルを超える興行収入を稼ぎだしていた。

『ボヘミアン・ラプソディ』は、スーパーヒーロー物の大ヒット作や『ジュラシック・パーク』第5作目に続き、2018年のヒット映画トップテンの7位にランクイン。続編やシリーズ物でない作品としては最高の興行成績を挙げ、さらに〝音楽伝記映画〟で歴代ナンバーワンヒットの座を獲得したのである。

しかも爆発的人気は留まるところを知らず、クリスマスと新年をまたぎ、2019年前半にまでわたるロングランを記録した。熱狂した観客は何度も劇場に足を運び、映画館によっては観客が一緒に歌える上映回を設けはじめたほどだ。この記事を執筆中の現在、『ボヘミアン・ラプソディ』は世界で8億6,100万ドルの興行収入を上げている。今後のホーム・メディアやストリーミング・サービス、テレビからの収益を含めると、驚異の10億円超えを果たし――映画史においてこの偉業を達成した38作のひとつとなる可能性も十分にあるだろう。

目覚ましい興行成績に続いて、数々の賞が舞いこんできた。『ボヘミアン・ラプソディ』は各国における様々な映画祭や式典で61ものノミネートを受け、2月24日の2019年アカデミー賞授賞式の幕が下りたときには、なんと27個もの賞を獲得していた。技術部門、音響部門、録音部門と広範囲にわたって絶賛され、ゴールデングローブ賞ではベスト・ドラマ賞を、主演ラミ・マレックは英国アカデミー賞、ゴールデングローブ賞、アカデミー賞を含め、驚くなかれ、14個の主演男優賞を獲得している。

「これは歴史的価値を持つ瞬間です」主演男優賞を獲得した初めてのアラブ系アメリカ人となるラミ・マレックは、（今回ばかりは）包括性と多様性に配慮を示したアカデミー賞授賞式の受賞スピーチで、こう述べた。

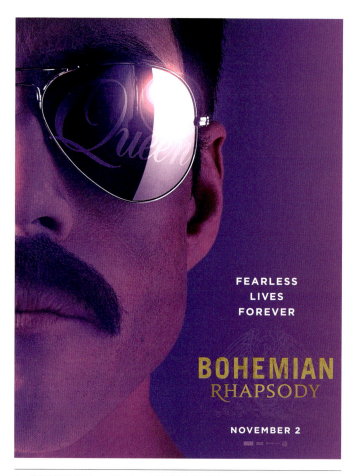

上：映画の宣伝用ポスター。フレディへと驚異的な変貌を遂げたラミ・マレックのクローズアップ。
次ページ・左上：映画のセットで、いまや伝説となった〈クイーン〉のライヴ・エイドのパフォーマンスを披露するラミ・マレック。
次ページ・右上：羨望の的であるオスカー像に触れるブライアン、ラミ、ロジャー。
次ページ・下：2019年アカデミー賞授賞式に華やかな幕開けを提供した〈クイーン＋アダム・ランバート〉。

「小さい頃のぼくに、"いつかおまえはアカデミー賞を受賞するんだぞ"と告げたら、ビックリ仰天したと思います。その頃のぼくは、自分のアイデンティティに悩み、自分が何者なのかを模索していました。ぼくはエジプト移民の息子で、いわゆる二世と呼ばれる存在です……およそオスカー受賞候補のイメージとはかけ離れていた。でも、その移民の子が選ばれたんです！ ぼくたちは、ゲイであり移民であった男、悪びれることなく自分のありのままをさらけだして生きた男を描く映画を作りました。いまこうして、フレディの生と彼の物語を祝福しているという事実が、まさにこういう物語をぼくたちが切望している証でしょう。微小とはいえ驚異的かつ類まれなレガシーの一部になることを許してくれた〈クイーン〉の皆さん、本当にありがとう」

新たなる章

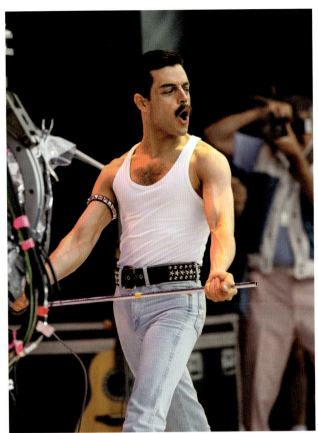

# The Mercury Phoenix Trust
## マーキュリー・フェニックス財団（MPT）

フレディ・マーキュリーの名を冠して、〈クイーン〉のブライアン・メイとロジャー・テイラー、マネージャーのジム・ビーチが1992年に創設したマーキュリー・フェニックス財団（MPT）は、世界中のエイズ・チャリティを支援する仕事を黙々とこなし、今日までＨＩＶおよびエイズと闘う各国の300以上の慈善団体に1,500万ドルを超える寄付を行ってきた。MPTは〈クイーン〉のメンバーと世界中のファンや友人たちの支援を得て成長を続け、フレディ・マーキュリーの遺志を継続させている。

財団が主眼とするのは、ＨＩＶ／エイズに関する教育と意識を高めることである。かつてと比べるとエイズに関する知識は格段に広まっている。とはいえ、無知ゆえにエイズに感染するリスクをおかす若者が後を絶たないとあって、エイズ教育は欠かせない。多くの人々がエイズは治癒された病だと間違った認識を抱いている西欧の国々でも、同じように重要だと言えよう。

これまで地球全体で6,000万人以上の人々がエイズに感染し、2,500万人が命を落としている。現在、エイズ孤児の数は1,660万人と推定されている。

MPTは様々な寄付金を募るイベントを企画してきた。これには、年に一度の世界エイズデーに路上で寄付金を募る運動や、制作の支援と寄付金キットとともに、ウエスト・エンドのショーを学校や大学で上演する許可を与える"スクール・ウィル・ロック・ユー"プロジェクトなどが含まれている。また2010年には、フレディ・マーキュリーのいでたちで友人や同僚からスポンサーシップを募るよう呼びかけた。突拍子もないアイデアだが、フレディに扮するのは楽しいはずだ。この募金活動が年に１度のイベントとして定着し、多額の寄付が集まることを願っている。きみたちもぜひ参加してほしい！

マーキュリー・フェニックス・トラストには、毎年、インド、アフリカ、ブラジル、アジアなどの国々で行われるたくさんのプロジェクトに対する支援の要請、依頼が押し寄せる。集まった寄付金の額が大きければ大きいほど、われわれは多くの要請に積極的に応じることができる。

次のサイトをチェックしよう：
www.mercuryphoenixtrust.com
www.schoolswillrockyou.com
www.freddieforaday.com

上：ロブ・ライアンが描いた、マーキュリー・フェニックス・トラスト財団のロゴ。
次ページ：2011年2月にロンドンで催された〈クイーン〉展"ハイヒールを履いたストームトルーパーたち"のポスター。この展覧会は、結成40周年記念として、〈クイーン〉がユニバーサル・ミュージック傘下のアイランド・レコード社と契約したことを祝したもの。

# QUEEN

# STORMTROOPERS IN STILETTOS

## THE EARLY YEARS : AN EXHIBITION
OLD TRUMAN BREWERY, BRICK LANE, LONDON E1 6QL
**25TH FEBRUARY - 12TH MARCH 2011**

WWW.QUEENONLINE.COM

# Credits

**PHOTOGRAPHY:**
The Queen Photo Archive; Watal Asanuma; David Bailey/Live Aid; Jer Bulsara; Phil Dent; Simon Fowler; Richard Gray; Koh Hasebe/Shinko Music; Peter Hince; George Hurrell; Gutchie Kojima/Shinko Music; Brian May; Harold May; Johnny Dewe Mathews; Terry O'Neill; Denis O'Regan; Neal Preston; Douglas Puddifoot; Paul Rider; Peter Röshler; Snowdon; David Tan/Shinko Music; George Taylor; Richard Young.
Memorabilia photography by Karl Adamson.
All facsimile items are based on original memorabilia, courtesy of The Brian May Archive.
Thanks to Paul Bird.
Every effort has been made to acknowledge correctly and contact the source and/or copyright holder of each picture and the audio recording. Carlton Books Limited apologises for any unintentional errors or omissions, which will be corrected in future editions of this book.
BOHEMIAN RHAPSODY © 2018 Twentieth Century Fox Film Corporation, Monarchy Enterprises S.a.r.l. and Regency Entertainment (USA), Inc. All rights reserved.

クイーン
オフィシャル・ヒストリー・ブック
THE TREASURES OF QUEEN

2019年5月4日　初版第一刷発行

著　ハリー・ドハティ
訳　富永晶子
日本版デザイン　石橋成哲
組版　IDR
発行人　後藤明信
発行所
株式会社 竹書房
〒102-0072
東京都千代田区飯田橋 2-7-3
電話 03-3264-1576（代表）
http://www.takeshobo.co.jp
印刷所
株式会社 シナノ

■本書掲載の写真、イラスト、記事の無断転載を禁じます。
■落丁・乱丁があった場合は、当社までお問い合わせください
■本書は品質保持のため、予告なく変更や訂正を加える場合があります。
■定価はカバーに表示してあります。

ISBN978-4-8019-1867-2　C0097
Printed in Japan